KB197443

로미오와 줄리엣

로미오와 줄리엣

윌리엄 셰익스피어 지음

정지현 옮김

올리버

윌리엄 셰익스피어William Shakespeare

• 차례 •

등장인물

| 로미오 |
몬태규 로미오의 아버지
몬태규 부인 로미오의 어머니
벤볼리오 몬태규 가문의 친척
아브라함 몬태규 가문의 하인
발타자르 로미오의 하인

| 줄리엣 |
캐퓰렛 줄리엣의 아버지
캐퓰렛 부인 줄리엣의 어머니
유모
티볼트 캐퓰렛 가문의 친척
페트루키오 티볼트의 친구

| 하인들 |
샘슨
그레고리
피터

에스칼루스 베로나의 영주
파리스 백작 영주의 친척, 줄리엣의 구혼자
머큐쇼 영주의 친척, 로미오의 친구
파리스의 하인

로렌스 신부
존 신부
약방 영감
시민 3~4인
악사 3인
순찰대 3인

해설자

시종, 가면 쓴 사람들, 횃불 든 사람들, 북 치는 소년, 신사 숙녀들,
티볼트의 하인, 그 외 하인들

프롤로그

해설자 등장.

해설자 이 아름다운 도시 베로나의
명망 있는 두 가문은 대대로 내려오는 원한으로
서로 싸움이 그치지 않아
시민들의 손에 피를 묻히고 있나이다.
그런데 이 원수 가문에서
운명적인 연인이 태어나고
이 애처로운 연인은 불행하게도 목숨을 잃게 되고
그들의 죽음으로 부모들의 싸움도 끝이 났도다.
죽음으로 끝나는 두려움 가득한 사랑의 여정,
자식들의 죽음으로 비로소 끝나는 부모 세대의 깊은 분노,
그 이야기가 두 시간 동안 무대에서 펼쳐지나니,
부디 인내심을 가지고 들어 주신다면
오늘 부족한 점은 반드시 노력해서 고치겠나이다.

(해설자 퇴장.)

제1막

· 제1장 ·

캐풀렛 가문의 샘슨과 그레고리가 칼과 둥근 방패를 들고 등장.

샘슨 그레고리, 더 이상은 못 참겠어.

그레고리 그렇지. 우리가 욕볼 일은 아니지.

샘슨 누가 열받게 하면 칼을 뽑자는 소리야.

그레고리 그래, 모가지 조심해야지.

샘슨 난 화나면 재빠르게 내리치거든.

그레고리 자네는 화를 잘 안 내잖아.

샘슨 난 몬태규의 개새끼만 봐도 화가 난다고.

그레고리 화가 나면 흥분하고 용맹하면 싸우지. 그러니까 넌 화
나면 그냥 도망이나 쳐.

샘슨 난 그 집안의 개새끼들을 보면 화가 나서 싸울 거야. 몬태
규 놈들을 마주치면 사내든 계집이든 밀어 버리고 나는 벽 쪽에

서 걸어갈 거야.

그레고리 그게 네놈이 약하다는 증거야. 약한 놈들이 벽에 붙어서 걷거든.

샘슨 그건 사실이지. 그래서 여자들이 벽으로 밀쳐지는 거군, 약하니까. 그럼 난 몬태규의 사내들은 벽에서 떼어 내고 여자들은 벽으로 밀어야겠네.

그레고리 주인이든 하인이든 싸움은 남자들끼리만 해야지.

샘슨 그런다고 달라질 건 없어. 내가 얼마나 잔인한지 보여 주지. 남자들하고 싸운 다음에는 하녀들에게 맛을 보여 줘야지. 모가지를 따 주지.

그레고리 하녀들의 모가지를 딴다고?

샘슨 그래, 하녀들 모가지든, 처녀막이든. 알아서 생각해.

그레고리 여자들이 맛을 봐야 알지.

샘슨 내가 서 있는 동안 맛볼 수 있겠지. 내 거시기가 실한 건 다 아는 사실이라고.

그레고리 네가 생선이 아닌 게 다행이군. 만약 생선이었다면 말라서 쪼그라든 생선이었을 거야. 칼이나 뽑으셔. 몬태규 놈들이 온다.

몬태규 가문의 하인인 아브라함과 또 다른 하인 등장.

샘슨 칼 뽑았어. 싸우자. 내가 뒤를 봐줄게.

그레고리 어떻게? 뒤돌아서 혼자 도망치려고?

샘슨 내 걱정은 하지 말고.

그레고리 너 같으면 걱정이 안 되겠냐?

샘슨 먼저 싸움 걸면 안 돼, 법적으로 불리해지니까. 저놈들이 먼저 시비를 걸게 하자.

그레고리 내가 지나가면서 인상을 팍 쓸게. 어떻게 나오는지 보자고.

샘슨 아니야. 내가 놈들을 보면서 내 엄지를 깨물게. 그걸 보고도 가만히 있으면 수치스러운 일이니까. (샘슨이 엄지를 깨문다.)

아브라함 지금 우릴 보고 엄지를 깨문 거요?

샘슨 지금 난 내 엄지를 깨물고 있는데요?

아브라함 우릴 보고 깨문 거잖소?

샘슨 (그레고리에게만 들리는 목소리로 속삭이며) 여기서 내가 '그렇다'고 하면 우리가 먼저 싸움을 건 게 되는 거야?

그레고리 (샘슨에게 속삭이며) 그렇지.

샘슨 아닌데요. 엄지를 깨물긴 했지만 그쪽 보고 깨문 건 아닌데요.

그레고리 지금 시비 거는 거요?

아브라함 시비라니요? 그럴 리가.

샘슨 시비 거는 거라면 받아 주지. 우리도 그쪽 못지않게 훌륭한 주인을 모시고 있거든.

아브라함 우리 주인만은 못하지.

14

샘슨 과연 그럴까?

벤볼리오 등장.

그레고리 (샘슨에게) 우리 주인님이 더 훌륭하다고 해. 저쪽 주인의 친척이 왔잖아.

샘슨 우리 주인님이 더 훌륭하지.

아브라함 거짓말.

샘슨 남자라면 남자답게 칼을 뽑아라. 그레고리, 몽땅 썰어 버릴 준비해.

(그들이 싸운다.)

벤볼리오 그만둬, 멍청이들아! (자신의 칼을 뽑는다.) 칼을 집어넣어라. 지금 무슨 짓들을 하는 거야?

티볼트 등장. 검을 뽑는다.

티볼트 뭐야, 하인들하고 싸우려고 검을 뽑은 거냐? 이쪽으로 돌아서라, 벤볼리오. 내가 널 죽여 주마.

벤볼리오 난 평화를 위해 싸움을 말리고 있었던 거다. 칼을 치우든지 나와 함께 이 싸움을 말리는 데 써라.

티볼트 칼을 뽑아 들고 '평화'라는 말을 입에 올려? 난 그 말이 싫다. 난 평화라는 말이 지옥만큼 싫다고. 몬태규 가문만큼, 네

놈만큼이나 싫단 말이다. 싸우자, 겁쟁아.

　(두 사람이 싸운다.)

　　　　　　　몽둥이를 든 시민 서너 명 등장.

시민들 몽둥이와 창, 도끼로 저들을 쳐라! 때려라! 캐풀렛을 타도하라! 몬태규를 타도하라!

　　　　　가운 차림의 늙은 캐풀렛과 그의 부인 등장.

캐풀렛 이게 무슨 소리야? 여봐라, 내 장검을 가져와라. 빨리!
캐풀렛 부인 지팡이를 가져오라고 해야죠! 검은 뭐 하게요?

　　　　　　　늙은 몬태규와 그의 부인 등장.

캐풀렛 검을 달라니까. 몬태규 영감이 나왔잖소. 저놈이 날 향한 증오심으로 칼을 휘두르고 있잖소.
몬태규 캐풀렛, 이 악당아! 이거 놔, 말리지 말라니까.
몬태규 부인 싸울 거면 여기서 한 발짝도 못 나가요.

　　베르나를 통치하는 영주 에스칼루스 대공이 신하들과 함께 등장.

영주 평화를 깨뜨리는 불온한 것들 같으니. 이웃에게 칼을 휘두르는 흉악한 자들이구나. 내 말이 들리지 않느냐? 다들 조용! 짐승 같은 자들아! 분수처럼 흐르는 피로 분노의 불길을 끄려 하는구나. 고문이 두렵거든 피 묻은 손에서 당장 무기를 내려놓고 성난 영주의 말을 들어라. 너희 캐풀렛과 몬태규의 사소한 말다툼이 시민들의 집단 싸움으로 번진 게 이번이 세 번째다. 너희들의 싸움을 말리고자 베로나의 노인들마저 옷과 장신구를 벗고 녹슨 창을 집어 드는 추한 꼴을 보였다. 앞으로 캐풀렛이나 몬태규가 또다시 이 도시의 평화를 깨뜨린다면 목숨으로 갚아야 할 것이다. 다들 돌아가라. 캐풀렛, 자네는 지금 나와 함께 가세. 자네에게 들을 이야기가 있으니. 몬태규, 자네는 오후에 공개 법정에 출두하게. 거기서 내 판결을 전달할 것이야. 다시 말하지만 다들 물러가라, 목숨이 아깝거든.

　　　　　몬태규와 그의 부인과 벤볼리오를 제외하고 모두 퇴장.

　몬태규 (벤볼리오에게) 이 해묵은 원한에 불을 붙인 게 누구냐? 말해 보거라, 벤볼리오. 너는 싸움이 시작됐을 때부터 그 자리에 있었느냐?
　벤볼리오 제가 도착했을 때는 이미 캐풀렛의 하인들과 숙부님의 하인들이 싸우고 있었습니다. 싸움을 말리려고 칼을 뽑아 들었는데, 바로 그때 티볼트가 칼을 뽑은 채로 갑자기 나타났습니다. 쌩쌩 소리가 나게 칼을 휘두르면서 저를 비웃었지요. 제가 놈과 싸우는데 캐풀렛과 몬태규 쪽 편을 드는 사람들이 몰려들어 싸움이 커졌습니다. 그다음에 영주님이 오셔서 싸움이 끝난 거고요.

몬태규 부인 로미오는 어디에 있는가? 오늘 그 애를 보았는가? 오늘 싸움에 휘말리지 않아서 천만다행이야.

벤볼리오 숙모님, 동녘의 금빛 창문으로 태양이 그 거룩한 모습을 드러내기 한 시간 전, 저는 마음이 심난해서 산책을 하러 갔습니다. 산책하는 도중에 시가지 서쪽 부근 무화과나무 숲에서 로미오를 발견했지요. 제가 다가가니 로미오가 저를 보고는 숲속으로 숨어 버리더군요. 아무래도 저처럼 마음이 어지러워서 혼자 있고 싶어 하는구나, 하고 눈치챘지요. 그래서 로미오를 따라가 무슨 일이냐고 캐묻지 않고 그냥 내버려두고 제 갈 길을 계속 갔습니다. 혼자 있고 싶을 때가 있는 법이니까요.

몬태규 부인 요즘은 혼자 자주 그곳을 찾는 듯하구나. 아침 이슬에 눈물을 더하고 구름에 깊은 한숨을 더하는 모양이다. 밝은 태양이 떠오를 때 내 아들은 무거운 마음을 안고 집으로 돌아와 빛을 피한다네. 커튼을 닫아 빛을 몰아내 낮에도 밤이 되어 버린 방 안에 혼자 틀어박혀 있는 거야. 계속 저렇게 내버려두었다간 큰일이 날지도 몰라. 누군가 좋은 조언을 해 주어서 저 슬픔의 원인을 없애야 할 텐데.

벤볼리오 숙부께선 로미오가 무슨 일로 그러는지 아시는지요?

몬태규 모르겠네. 말하려고 하질 않아.

벤볼리오 모든 방법을 다 써 보신 겁니까?

몬태규 내가 직접 물어도 보고 친구들을 시켜도 봤지. 하지만 그 애는 자기 고민을 자기에게만 털어놓을 뿐이야. 혼자만 비밀을 간직한 채 마음을 굳게 닫고 있어. 아름다운 꽃과 이파리가 피기도 전에 그 아름다움을 질투하는 벌레가 새싹을 파먹어 버린 거나 다름없어. 뭐가 그렇게 슬픈지 알 수만 있다면 문제를 해결해 줄 수 있을 텐데.

로미오 등장.

벤볼리오 마침 로미오가 오는군요. 둘만 얘기할 수 있게 자리를 비켜 주십시오. 제가 문제가 뭔지 꼭 알아내겠습니다. 말하지 않으려고 하면 말할 때까지 물어볼 겁니다.

몬태규 자네가 저 애 본심을 알아낸다면 얼마나 좋을까…. 부인, 우린 갑시다.

몬태규와 그의 부인 퇴장.

벤볼리오 좋은 아침이야, 사촌.

로미오 아직도 아침이냐?

벤볼리오 이제 겨우 아홉 시인걸.

로미오 아! 슬플 때는 시간이 너무 느리게 가는구나. 방금 급하게 나가신 분은 나의 아버지 아니신가?

벤볼리오 맞아. 자네 시간을 그렇게 더디게 흐르게 하는 슬픔이 뭐지?

로미오 만약 가졌더라면 시간을 빨리 흐르게 해 줄 그것을 갖지 못해서 그런 거야.

벤볼리오 사랑에 빠진 건가?

로미오 빠져나온 거지.

벤볼리오 사랑에서?

로미오 내가 사랑하는 그녀는 날 사랑하지 않거든.

벤볼리오 참 슬픈 일이지. 사랑은 달콤할 것 같지만 알고 보면 참 가혹하니까!

로미오 슬픈 건 사랑에 눈이 멀었는데도 사람을 제 마음대로 조종할 수 있다는 거야. 아침은 어디에서 먹을까? (피를 발견하고) 맙소사, 여기서 싸움이라도 벌어진 거야? 아니, 말할 필요 없어. 나도 다 들었으니까. 이 싸움은 증오와 관련이 있지만 사랑하고는 더 크게 관련되어 있지. 오, 증오하는 사랑이여, 사랑하는 증오여! 무에서 나온 사랑이여! 슬픈 행복이여, 진지한 어리석음이여! 아름다운 것들이 한데 섞인 흉한 혼돈이여! 사랑은 납덩이 같은 깃털이고 맑은 연기이고 차가운 불꽃이고 병든 건강이고 눈 뜬 잠이다. 사랑은 보이는 것과 정반대야! 이게 내가 느끼는 사랑이야. 비록 내가 사랑하는 사람은 날 사랑하지 않지만…. 지금 웃는 거야?

벤볼리오 아니, 우는 거야.

로미오 착하네. 그런데 왜 우는데?

벤볼리오 사랑이 자네를 고통스럽게 하고 있으니까.

로미오 사랑은 원래 그런 거야. 내 슬픔만으로도 가슴이 무거운데 거기에 자네 슬픔까지 얹으면 어떻겠나. 날 생각해 주는 자네 마음은 날 더 슬프게 할 뿐이라네. 사랑은 한숨으로 만들어진 연기와도 같아. 그 연기가 걷혀야 사랑이 연인의 눈동자에 이글이글 타오르는 불꽃이 되는 거지. 그리고 사랑이 잘못되면 연인의 눈에서 흐르는 눈물이 바다를 이루는 거야. 사랑이 뭐겠어? 사랑은 신중한 광기, 숨을 조여 오는 달콤한 사랑이라네. 잘 있어, 사촌.

벤볼리오 같이 가. 날 두고 가면 서운하지.

로미오 난 날 잃었어. 난 여기 없어. 지금 여기 있는 건 로미오가 아니야. 로미오는 다른 곳에 있다고.

벤볼리오 말해 봐. 자네가 그렇게 슬퍼할 정도로 사랑하는 사람이 누구란 말인가?

로미오 슬픔으로 신음하는 목소리로 그 이름을 말하라고?

벤볼리오 신음이라니? 그건 아니고. 누군지 말해 봐.

로미오 아픈 사람에게 '진지하게' 유서를 쓰라고 하는 거나 마찬가지야. 그럼 상태가 더 나빠질 뿐이지. 내가 사랑하는 건 한 여인이야.

벤볼리오 그거야 사랑에 빠졌다고 했을 때부터 짐작했고.

로미오 바로 맞혔어! 내가 사랑하는 여자는 정말 아름다워.

벤볼리오 아름다운 과녁일수록 맞히기가 쉽지.

로미오 이번엔 빗나갔어. 그녀는 큐피드의 화살로도 맞힐 수가 없거든. 그녀는 디아나*처럼 영리하고 순결의 갑옷으로 무장했어. 너무도 약하고 유치한 사랑의 화살로는 닿을 수도 없지. 그녀는 구애의 말에도 흔들리지 않고 애정 가득한 눈에도 눈길조차 주지 않고 성자도 유혹하는 황금을 주어도 무릎을 열지 않을 거야. 너무도 아름답기에 부자이고, 죽어야만 아름다움이 사라지고 가난해지겠지.

벤볼리오 뭐야, 평생 처녀로 살겠다고 맹세라도 한 여인이야?

로미오 그래, 엄청난 낭비. 평생 순결을 지킨다면 그 아름다움을 자손들에게 물려주지 못할 테니까. 그녀는 너무 아름답고 너무 영리하니까 천국에 가겠지, 나를 절망에 빠뜨려 놓고. 그녀는 평생 사랑을 하지 않겠다고 하늘에 맹세했대. 그 맹세로 난 산송장이 되어 버렸어. 지금 이렇게 입만 뻐끔거리는 산송장이지.

벤볼리오 내 말 들어 봐. 그 여자는 잊어.

로미오 그럼 생각하는 걸 잊는 법부터 알려 줘!

벤볼리오 다른 데로 눈길을 돌리면 돼. 다른 예쁜 여자들을 보는 거지.

* 디아나: 로마 신화에 나오는 순결의 여신. 그리스 신화의 아르테미스에 해당.

로미오 그래 봤자 그녀가 얼마나 아름다운지만 새삼 느끼게 될 뿐이겠지. 아름다운 여자들은 얼굴에 검은 가면을 쓰지. 그 가면 아래에 가려진 아름다운 얼굴이 계속 생각나도록 말이야. 갑자기 눈이 먼 사람은 잃어버린 그 소중한 눈을 잃을 수가 없어. 아무리 예쁜 여자를 내 앞에 데려와 봤자 더 예쁜 그녀 얼굴만 생각날 뿐이야. 자넨 나에게 잊는 법을 가르쳐 줄 수 없어.

벤볼리오 꼭 가르쳐 주겠어. 가르쳐 주지 못한다면 영영 자네한테 빚을 지고 죽는 거겠지.

(둘 다 퇴장.)

· 제2장 ·

캐풀렛, 파리스 백작, 하인 등장.

캐풀렛 몬태규도 나와 똑같이 맹세를 했고 나와 똑같은 벌을 받았어. 우리 같은 늙은이가 평화롭게 지내는 건 그리 어렵지 않을 걸세.

파리스 명망 있는 두 가문이 그토록 오랫동안 서로 적으로 지냈다니 참으로 안타깝습니다. 그나저나 제 청혼에 대해서는 어떻게 생각하시는지요?

캐풀렛 이미 말한 그대로지. 우리 아이는 아직 너무 어리고 세상 물정도 몰라. 아직 열네 살도 채 되지 않았으니. 결혼할 준비가 되려면 여름이 두 번은 더 지나야겠지.

파리스 더 어린 나이에 아이 낳고 행복하게 사는 여인들도 있는데요.

캐풀렛 너무 어린 나이에 결혼한 여자들은 빨리 늙지. 다른 자식들은 다 죽고 그 애 하나만 남았으니 내 유일한 희망이야. 그러니 백작, 그 애에게 직접 구애해서 마음을 얻어 보게. 내가 결혼을 승낙한다고 다가 아니야. 그 애도 찬성해야만 해. 그 애가 좋다고 한다면 나도 승낙할 거야. 오늘 저녁에 내가 예전부터 열어 온 연회가 있을 예정이네. 손님들을 많이 초대했지. 가까운 친구들이 많이 올 거야. 자네도 귀한 손님으로 초대하고 싶네. 누추하지만 내 집에 와서 어두운 밤하늘을 환하게 빛내는 별처럼 반짝이는 여인들을 보게나. 잘 차려입은 4월이 절뚝거리는 겨울을 바짝 쫓을 때 혈기 왕성한 사내들이 그렇듯 자네도 봄꽃처럼 아리따운 여인들을 보고 기쁨을 느낄 걸세. 그중에서 가장 마음에 드는 여인을 골라 보게. 그 여인들을 보고 나면 내 딸이 제일 가는 미인이라는 생각은 사라질지도 몰라. 같이 가지. (하인에게 손님 명단을 주며) 베로나 곳곳을 돌아다니며 여기 이름이 적힌 분들을 찾아가도록 해. 오늘 밤 우리 집에서 열리는 연회에 초대되었다고 전해라.

(캐풀렛과 파리스 퇴장.)

하인 여기 적힌 사람들을 찾아가라고? 구두장이한테는 자를,

양복장이한테 구두골을, 어부한테 연필을, 화가한테는 그물을 써야 한다고 써 있구먼. 여기 적힌 사람들을 찾아가야 하는데 난 글을 못 읽잖아. 글 읽을 줄 아는 사람을 얼른 찾아서 도와달라고 해야겠다!

벤볼리오와 로미오 등장.

벤볼리오 (로미오에게) 이봐, 불은 불로 끄는 거야. 새로운 고통이 이전의 고통을 줄여 줄 수 있어. 한쪽으로 돌다가 어지러우면 반대 방향으로 돌면 괜찮아지거든. 새로운 걱정이 생기면 기존의 걱정은 잊히는 법이야. 새로운 관심 대상이 생기면 이전의 상사병은 저절로 없어질 거야.

로미오 거기엔 질경이 잎이 특효지.

벤볼리오 어디에?

로미오 자네 다리에 난 상처에 말이야.

벤볼리오 로미오, 너 정말 정신이 어떻게 된 거냐?

로미오 안 미쳤어. 미치진 않았지만 미친 사람보다 더 꽁꽁 묶여 있어. 감옥에 갇혀서 굶주리고 매질당하고 고문당하고 있어. 아, 안녕하신가?

하인 안녕하세요, 나리. 혹시 글을 읽을 줄 아십니까?

로미오 읽을 수 있지. 내 불행한 앞날을 읽을 수 있다네.

하인 아, 그건 외워서 읽을 줄 아시는 거구요. 그럼 눈앞에 보이는 글자는 읽을 수 없으신가요?

로미오 글자도 알고 말도 안다면 읽을 수 있겠지.

하인 솔직하시군요. 그럼 좋은 하루 되십시오.

로미오 잠깐, 읽을 수 있네. (편지를 읽는다.) "마티노 씨 부부와 따님들, 앤셈 백작과 아름다운 자매님들, 비트라비오의 미망인, 플라센티오 씨와 사랑스러운 조카분들, 머큐쇼와 발렌타인 형제, 캐퓰렛 숙부님과 숙모님, 그리고 따님들, 어여쁜 조카 로잘린과 리비아, 발렌쇼 씨와 사촌 티볼트, 루시오와 명랑한 헬레나." 아주 멋진 분들이 여기 다 있군. 이들이 어디서 모이는 건가?

하인 집에서요.

로미오 어느 집? 식사하러 모이는 건가?

하인 저희 집이지요.

로미오 누구 댁인가?

하인 우리 주인님 댁이지요.

로미오 진즉 그걸 물을 걸 그랬네.

하인 묻지 않으셔도 제가 말씀드리지요. 제 주인님은 베로나의 위대한 캐퓰렛 나리십니다. 당신이 몬태규 가문 사람만 아니라면 들러서 포도주 한잔 하고 가시지요. 그럼 전 이만.

(하인 퇴장.)

벤볼리오 자네가 그토록 사랑하는 로잘린이 베로나의 모든 미녀들과 함께 캐퓰렛 가문의 무도회에 참석한다는 거군. 한번 가 보자. 거기서 다른 여자들과 그녀를 비교해 봐. 자네가 백조라고 생각한 여인이 사실은 까마귀였다는 걸 내가 증명해 주지.

로미오 만약 내 두 눈이 거짓말을 한 거라면 눈물이 불꽃으로 변할 거야. 눈물은 사라지고 거짓을 말한 두 눈은 영영 불타 사라지겠지! 내 사랑보다 아름다운 여자가 있다고? 천지개벽 이래로 태양도 그녀보다 아름다운 여자를 본 적 없을걸.

벤볼리오 그녀가 그렇게 대단한 미인으로 보이는 이유는 다른 여자들이랑 비교해 본 적이 없기 때문이야. 내가 오늘 무도회에서 다른 미녀들을 보여 줄 테니까, 어디 한번 그녀와 비교해 보라고. 그녀가 최고가 아니란 걸 알게 될 거야.

로미오 무도회에는 가도록 하지. 하지만 다른 여자들을 보려고 가는 게 아니라 내 아름다운 연인을 보기 위해서야.

(두 사람 모두 퇴장.)

· 제3장 ·

캐퓰렛 부인과 유모 등장.

캐퓰렛 부인 유모, 줄리엣은 어디 있지? 좀 불러 줘.

유모 제 열두 살 적 처녀성을 걸고 벌써 오시라고 말씀드렸어요. 아이고, 이게 무슨 일이람! 아가씨는 어디 계시는 거야? 줄리엣 아가씨!

줄리엣 등장.

줄리엣 무슨 일이야? 누가 날 불러?

유모 마님이요.

줄리엣 어머니, 저 왔어요. 무슨 일이세요?

캐퓰렛 부인 그게 말이야… 유모, 우리끼리 할 얘기가 있으니까 잠깐 나가 있게. 아니야, 그냥 있게. 생각해 보니 유모가 들어도 될 이야기 같아. 유모도 알다시피 우리 줄리엣도 이제 어엿한 숙녀가 되었잖아.

유모 아가씨 나이야 시간 단위로도 알고 있지요.

캐퓰렛 부인 아직 열넷은 안 됐지.

유모 제 이빨 열네 개를 걸고—아, 이제 네 개밖에 안 남았지만요—말씀드리건대, 우리 아가씨는 아직 열넷이 안 되셨지요. 8월 1일 수확제까지 얼마나 남았지요?

캐퓰렛 부인 2주하고 며칠이 남았지.

유모 아가씨는 수확제 전날인 7월 31일에 열네 살이 되십니다. 제 딸 수잔과 같은 날에 태어나셨으니까요. 수잔은 지금 하느님 곁에 가 있지만요. 저에겐 과분한 딸이었어요. 어쨌든 줄리엣 아가씨는 7월 31일 밤에 열네 살이 되십니다. 전 다 기억하고 있답니다. 11년 전 지진이 일어난 날에 아가씨가 젖을 떼셨어요. 그날은 절대로 못 잊어요. 그날 전 젖꼭지에 쓰디쓴 쑥즙을 바르고 비둘기장 담벼락 아래에서 햇볕을 쬐고 있었어요. 마님과 나리는 만토바에 가셨고요. 아, 제가 기억력이 이렇게 좋아요! 줄리엣 아가씨가 쑥즙 묻은 젖꼭지를 빨고는 성질을 냈답니다. 바로 그때 지진이 시작됐고 비둘기장이 흔들리기 시작했어요. 누가 도망가란 소릴 안 해도 알아서 자리를 피했지요. 벌써 11년 전이네요. 그때 아가씨는 혼자 설 수 있었어요. 아니지, 사방을 뒤뚱뒤뚱 뛰어다닐 정도였지요. 그 전날 아가씨가 이마를 다치셔서 기억이 나네요. 그때 우리 영감이—아, 항상 웃는 양반이었는데, 하늘에서 평안하길—넘어진 아가씨를 안아 들고는 "이런, 앞으로 넘어지셨지요, 아가씨? 더 크면 뒤로 넘어지실 거예요, 그렇죠, 줄리엣 아가씨?" 했어요. 그 말을 듣더니 우리 예쁜 꼬마 아가씨가 울음을 그치고는 "응." 하지 않겠어요. 이제 농담이 진담이 될 모양이네요. 아무튼 천 년이 지나도 잊지 못할 거예요. "그렇죠, 줄리엣 아가씨?" 하니까 우리 아가씨가 울음을 뚝 그치고 "응." 했다니까요.

캐풀렛 부인 이제 됐네. 그 얘기는 그만하고 입 좀 다물게.

유모 예, 마님. 그래도 그 어린 것이 울음을 뚝 그치고 "응." 하는데, 웃음이 안 나오고 배기나요. 이마에 수탉 거시기만 한 혹이 났지요. 꽤 세게 넘어져서 엉엉 울었거든요. 우리 영감이 "앞으로 넘어지셨지요, 아가씨? 더 크면 뒤로 넘어지실 거예요, 그렇죠, 줄리엣 아가씨?" 하니까 눈물을 뚝 그치고 "응." 하더라니까요.

줄리엣 유모, 제발 그만해.

유모 알았어요, 이제 그만할게요. 전 아가씨만큼 예쁜 아기를 돌본 적이 없답니다. 죽기 전에 아가씨가 결혼하는 것만 본다면 소원이 없겠어요.

캐퓰렛 부인 결혼, 그래 '결혼' 얘길 하려고 온 거야. 내 딸 줄리엣, 넌 결혼에 대해 어떻게 생각하니?

줄리엣 영광스러운 일이지만 생각해 본 적은 없어요.

유모 영광이라? 아가씨의 유모가 저 하나뿐이라 이런 말은 좀 그렇지만, 역시 제 젖을 먹고 자라서 그런지 지혜로우시다니까요.

캐퓰렛 부인 그럼 이제부터 결혼에 대해 생각해 보렴. 베로나에는 너보다 어리지만 벌써 아이를 낳고 엄마가 된 귀한 신분의 숙녀들도 많단다. 나만 해도 그래. 너는 아직 처녀지만 내가 네 나이 땐 벌써 아기를 낳았거든. 간단히 말하마. 용맹하신 파리스 백작이 너와 결혼하고 싶어 한단다.

유모 세상에, 아가씨! 그분은 정말 훌륭한 신사잖아요? 조각 같은 외모도 완벽하고요.

캐퓰렛 부인 베로나의 여름꽃도 그분만큼 훌륭하진 않단다.

유모 그럼요, 그럼요. 그분은 정말 훌륭한 꽃이지요.

캐퓰렛 부인 네 생각은 어떠니, 줄리엣? 이 신사분을 사랑할 수 있겠니? 오늘 무도회에 오실 거야. 아름다운 백작의 얼굴을 잘 살펴보렴. 펜으로 그린 것 같은 아름다움이 기쁨을 줄 거야. 그 아름다운 얼굴을 이루는 선 하나하나를 잘 보렴. 겉모습으로 알 수 없는 건 그의 눈동자를 들여다보면 알 수 있단다. 그는 제본

되지 않은 사랑의 책이란다. 그 책에 표지만 붙이면 아름다운 책이 완성될 거야. 물고기가 바다로부터 숨지 않는 것처럼 미인은 백작 같은 미남으로부터 숨지 않는 법이지. 다들 그를 대단한 미남이라고 칭송하니, 그의 아내가 되면 너도 같이 칭송받게 될 거야. 그가 가진 모든 게 네 것이 되는 거지. 그와 결혼해도 네가 잃을 건 아무것도 없단다.

유모 잃기는커녕 오히려 늘어나지요. 남자는 여자를 더 크게 만들어 주니까요.

캐퓰렛 부인 말해 보렴. 파리스 백작을 사랑할 수 있겠니?

줄리엣 일단 만나 본 다음에 마음에 들면 좋아하도록 노력할게요. 어머니가 허락하는 범위 안에서만 그렇게 하겠어요.

(하인 피터 등장.)

하인 마님, 손님들이 도착하셨습니다. 음식도 다 준비되었고요. 손님들이 마님과 아가씨를 찾고 계십니다. 주방에선 유모를 욕하느라 정신이 하나도 없고요. 전 가서 손님들 시중을 들어야 하니 두 분 모두 바로 나오십시오.

캐퓰렛 부인 곧 나가겠네.

(하인 퇴장.)

줄리엣, 백작이 기다린다.

유모 어서 가세요, 아가씨. 행복한 낮이 끝나고 행복한 밤을 선사해 줄 신사분을 찾으러 가셔야지요.

(모두 퇴장.)

· 제4장 ·

로미오와 머큐쇼, 벤볼리오, 가면을 쓴 대여섯 명
햇불을 든 사람들, 그리고 북 치는 소년 등장.

로미오 무슨 핑계를 대고 들어가야 할까? 그냥 들어가야 하나?

벤볼리오 그렇게 구구절절 설명하는 건 수준 떨어지는 짓이야. 가면을 쓰고 큐피드로 분장해서 가짜 활을 들고서 허수아비처럼 아가씨들을 놀라게 할 필요는 없어. 멋들어진 말로 소개하면서 등장할 필요도 없고. 다들 하고 싶은 대로 생각하게 내버려 둬. 그냥 춤이나 추고 나오자고.

로미오 햇불 이리 줘. 난 춤출 기분이 아니야. 난 울적하니까 햇불이나 들겠어.

머큐쇼 아냐, 로미오. 넌 춤을 춰야 해.

로미오 됐다니까. 너희들은 가벼운 댄싱 슈즈를 신고 있지만, 내 마음은 납덩어리처럼 무거워서 꼼짝도 할 수 없다고.

머큐쇼 넌 사랑에 빠졌어. 큐피드의 날개라도 빌려서 높이 날아 봐.

로미오 큐피드의 화살이 너무 깊이 박혀서 난 그의 가벼운 깃털 날개로는 날 수가 없어. 슬픔의 상처가 계속 나를 바닥으로 끌어당겨서 높이 날아오를 수가 없어. 사랑의 무게 때문에 한없이 가라앉고 있다고.

머큐쇼 사랑 때문에 가라앉고 있다면 네가 사랑을 잡아당기고 있는 거야. 사랑처럼 보드라운 걸 거칠게 당기면 안 되지.

로미오 사랑이 보드랍다고? 아니, 사랑은 너무 거칠고 무례하고 난폭해. 가시처럼 날 찌른다고.

머큐쇼 사랑이 널 그렇게 거칠게 대한다면 너도 거칠게 굴어. 사랑이 가시로 찌르면 너도 찔러. 사랑을 쓰러뜨리라고! 얼굴을 가리게 가면 좀 줘 봐. 이 못생긴 얼굴을 누가 보면 좀 어때? 까만 눈썹이 달린 이 가면이 나 대신 부끄러워하겠지.

벤볼리오 자, 노크하고 들어가자. 들어가자마자 모두 춤을 추는 거야.

로미오 난 횃불을 든다니까. 춤은 마음이 가벼운 놈들이나 추셔. 지금의 나에게 딱 어울리는 격언이 있지. "횃불이나 들고 구경이나 해라." 재미있을 것 같지만 난 사양하겠어.

머큐쇼 꼭 겁쟁이 생쥐 같군. 한밤중에 순찰 도는 경찰처럼 왜 그렇게 소심하게 굴어. 그렇게 진흙 속에 귀까지 파묻고 있을 거면, 우리가 진흙에서, 아니, 사랑에서 꺼내 줘야지. 어서 가자고. 소중한 낮시간을 낭비하고 있잖아!

로미오 지금은 낮이 아니잖아. 밤이라고!

머큐쇼 내 말은 낮처럼 환하게 빛나는 횃불을 낭비하는 거란 말이야. 알아서 잘 새겨들어. 그게 네 직감을 믿는 것보다 다섯 배는 더 중요한 일이니까.

로미오 좋은 의미로 이 무도회에 오기로 한 거지만 아무래도 현명한 선택은 아닌 것 같아.

머큐쇼 왜 그렇게 생각하는데?

로미오 어젯밤에 꿈을 꿨거든.

머큐쇼 나도 꿨어.

로미오 무슨 꿈인데?

머큐쇼 꿈꾸는 사람들은 거짓말을 잘한다는 꿈이지.

로미오 침대에 누워서 꾸는 꿈은 진실이야.

머큐쇼 맵 여왕*이 자넬 찾아갔나 보군. 맵 여왕은 시의원 나리의 손가락에 끼워진 반지의 보석만 한 작은 요정이야. 맵 여왕은 작은 생명체들이 끄는 마차를 타고 잠든 사람의 콧잔등을 지나가. 마차의 바퀴살은 거미 다리로 만들어졌고, 덮개는 메뚜기 날개, 고삐는 가느다란 거미줄로 만들어졌어. 굴레는 달빛, 여왕이 든 손잡이는 귀뚜라미 뼈에 거미줄 한 가닥을 연결한 거지. 마부는 잿빛 외투를 입은 각다귀인데, 게으른 소녀의 손가락에서 나온 벌레의 절반도 안 되는 크기야. 여왕의 마차는 빈 개암열매 껍질인데 다람쥐나 좀벌레가 만들어 준 거야. 녀석들은 아주 오래전부터 여왕의 마차를 만들어 왔어. 여왕이 이렇게 멋진 마차를 타고 매일 밤 연인들의 머릿속을 지나면 연인들은 사랑하는 사람의 꿈을 꿔. 여왕이 관리의 무릎 위를 지나가면 절하고 인사하는 꿈을 꾸고, 법률가의 손가락을 지나가면 수임료

---

* 맵 여왕: 셰익스피어가 만들어 낸 인물로 추정.

에 대한 꿈을 꾸지. 숙녀들의 입술 위를 지나가면 입맞춤하는 꿈을 꾸는데, 그때 숙녀들의 숨결에서 달콤한 사탕 냄새가 나기 때문에 여왕은 화가 나서 입술에 물집이 생기게 한다네. 때때로 여왕은 관리의 콧잔등을 지나가는데, 그러면 돈 나올 구석이 없나 하고 킁킁 냄새 맡는 꿈을 꾸는 거야. 여왕이 목사가 십일조로 받은 돼지 꼬리로 콧등을 간질이면 목사는 교회의 수입이 늘어나는 꿈을 꾸고, 여왕이 군인의 목 위를 달리면 그 군인은 적군의 목을 치거나 적군의 요새를 뚫거나 매복하거나 아주 품질좋은 스페인 검이나 꽉 채워진 커다란 술잔이 나오는 꿈을 꾸지. 그러다 갑자기 들려오는 나팔 소리에 잠에서 깨어 무서워 벌벌떨다가 기도하고는 다시 잠이 들어. 여왕은 밤중에 말의 지저분한 갈기를 단단히 엉켜 놓는데 그걸 풀면 재수 없는 일이 생긴다나 봐. 또 누워서 자는 처녀들의 가슴을 짓눌러서 남자를 받아들이고 아이를 낳는 데 따르는 무게를 느껴 보도록 하는 것도 여왕의 짓이고 말이야. 그리고 여왕은….

로미오 아, 그만해, 머큐쇼. 다 쓸데없는 소리잖아.

머큐쇼 그래, 이건 꿈에 대한 얘기니까. 원래 꿈은 머리가 아무것도 안 할 때 꾸는 거잖아. 꿈은 공기처럼 실체가 없고 북쪽에서 불어오다가 갑자기 화가 나서 남쪽으로 방향을 트는 바람처럼 예측할 수 없고 허황된 환상이지.

벤볼리오 자네가 지금 말하는 바람이 우릴 날려 버리기 직전이야. 만찬도 다 끝났고 너무 늦은 걸지도 몰라.

로미오 난 너무 일찍 온 것 같아서 걱정인걸. 오늘 밤의 이 무도회로 인해 뭔가 불길한 일이 시작될 것만 같아. 결국 내 목숨을 내놓아야 하는 그런 일이 생길 것 같다고. 내 인생의 키를 잡고 있는 게 누구든, 날 어디로 데려가든 상관없어. 가자, 친구들!

벤볼리오 북을 울려라.

(모두 무대에서 행진하다 옆쪽으로 퇴장.)

· 제5장 ·

냅킨을 들고 하인 등장.

하인 1 포트팬은 어디 있는 거야? 접시 치우는 일을 도와주지도 않고 어디 간 거람? 접시를 옮기고 닦아야 하는데!

하인 2 제대로 된 한둘이 손님 시중을 들어야 하는데, 둘 다 몰골이 말이 아니네. 상황이 안 좋아.

하인 1 의자를 치워. 사이드보드하고 접시도 가져가. 아, 아몬드 쿠키 좀 남겨 줘. 문지기한테 수잔 그라인드스톤과 넬을 들여보내라고 해. 안소니, 포트팬!

하인 3 어, 여기 있어.

하인 1 연회장에서 널 찾아. 난리가 났어.

하인 3 몸이 하나뿐인데 어쩌라는 건지…. 다들 힘내자! 빨리빨리 움직여. 오래 사는 사람이 이기는 거야.

(하인들 옆으로 물러난다.)

캐풀렛과 그의 부인, 줄리엣, 가면을 쓴 신사 숙녀들
로미오와 머큐쇼, 벤볼리오 등장.

캐풀렛 다들 환영하오. 발가락이 부르트지 않은 숙녀라면 여러분과 춤을 출 것이오. 춤을 추지 않으려는 숙녀들은 없겠지요? 얌전 빼는 숙녀들은 분명 발가락이 부르튼 거라오. 안 그렇소? 환영하오, 신사분들. 나도 가면을 쓰고 아리따운 숙녀분의 귓가에 재미있는 이야기를 속삭이던 시절이 있었다오.. 다 머나먼 옛날 이야기지요. 환영합니다. 악사들은 얼른 음악을 연주하게.

(음악이 연주되고 다들 춤을 추기 시작한다.)

자리가 좀 부족하네. 춤을 춰요, 아가씨들!

(하인들에게) 불을 더 밝혀라, 이 녀석들아. 그 탁자는 얼른 치우거라. 불은 꺼. 너무 덥잖아. 생각보다 더 즐거운 무도회가 되었군. 오, 나의 사촌, 여기 앉게. 우린 춤추기에는 너무 늙었잖아. 우리가 마지막으로 가면을 쓴 게 언제였지?

캐풀렛의 사촌 30년은 된 것 같군요.

캐풀렛 30년? 에이, 그렇게까지 오래되진 않았지. 루세티오의 결혼식이 마지막이었으니까. 시간이 아무리 빠르다지만 우리가 마지막으로 가면을 쓴 건 25년밖에 안 됐어.

캐풀렛의 사촌 그것보단 더 됐지요. 루세티오의 아들이 그것보다는 나이가 많아요. 서른이거든요.

캐풀렛 그게 정말인가? 2년 전만 해도 미성년자였는데.

로미오 (하인에게) 저기 저 기사와 춤추는 숙녀분은 누군가?

하인 모르겠습니다.

로미오 저 여인은 횃불보다 더 환하게 빛나는구나! 에티오피아 여인의 귀에서 반짝이는 보석 같아. 쓰이기에는 너무 귀하고 이 세상 것이라기에는 너무 아름답구나. 까마귀 떼에 섞인 하얀 비둘기처럼 눈이 부시다. 춤이 끝나면 저 여인이 서 있는 곳을 봐 두었다가 이 못난 손으로 저 손을 잡아 보는 영광을 누려 보아야겠다. 내 가슴이 이렇게 누군가를 사랑한 적이 있었던가? 오늘 밤 처음으로 진정한 아름다움을 보는구나.

티볼트 목소리를 듣자 하니 몬태규가 놈이 분명하군. 내 칼을 가져오거라. 감히 가면을 쓰고 들어와서 우리 집 잔치를 비웃어? 우리 가문의 명예를 걸고 저놈을 죽인다고 해도 죄가 아닐 것이다.

캐풀렛 아니, 티볼트, 무슨 일이냐? 왜 그렇게 화가 났느냐?

티볼트 숙부님, 이자는 우리 가문의 원수 몬태규 놈입니다. 우리 잔치를 비웃으려고 몰래 들어온 사악한 자라고요.

캐풀렛 로미오인가?

티볼트 맞습니다. 이 사악한 자가 로미오입니다.

캐풀렛 진정해라, 티볼트. 그냥 둬. 예의 바른 신사처럼 행동하고 있지 않느냐. 품행이 단정하고 훌륭한 젊은이라고 베로나에 소문이 자자한 청년이다. 이 도시의 재물을 다 준다고 해도 내 집에서 저 젊은이를 해하고 싶진 않다. 그러니 진정하고 그냥 모른 척하거라. 그게 내 뜻이다. 내 뜻을 존중한다면 얼굴을 펴라. 잔치에서 그렇게 인상을 쓰고 있으면 되나.

티볼트 손님인 척하고 들어온 악한인데, 이런 얼굴을 하는 게 당연하지 않습니까. 전 참을 수 없습니다.

캐퓰렛 참아야 한다. 참으라니까! 허허, 거참. 이 집의 주인이 누구냐? 너냐? 참을 수 없다니! 거참, 손님들 앞에서 소란이라도 피우겠다는 거야? 한바탕 소동을 벌이겠다는 거냐고? 남자답게 굴어라!

티볼트 숙부님, 이건 가문의 수치입니다.

캐퓰렛 나가거라, 나가. 건방진 놈 같으니. 이게 가문의 수치라고? 네놈이야말로 이렇게 어리석게 군다면 네가 화를 입을 게다. 감히 내 말을 거역하다니…. 건방진 놈, 썩 물러가지 못해! 입 다물고 조용히 있지 않으면… 불을 더 밝히라니까! 부끄러운 줄 알 거라. 내가 널 조용히 있게 해 주마. 신사 숙녀 여러분, 계속 즐기세요!

티볼트 억지로 참으려니 분노로 몸이 떨리는구나. 지금은 이대로 물러나겠다. 로미오, 지금은 네 장난이 달콤하겠지만 곧 쓰디쓴 맛을 보게 될 거다. (티볼트 퇴장.)

로미오 (줄리엣의 손을 잡으며) 당신의 손은 제 미천한 손이 감히

다가갈 수 없는 거룩한 신전 같습니다. 제 손이 닿아 불쾌하셨다면 얼굴 붉힌 순례자처럼 서 있는 제 입술이 입맞춤으로 보상하게 해 주세요.

줄리엣 착하신 순례자님, 손을 너무 나무라지 마세요. 제 손을 잡은 당신의 손은 이렇게 점잖은 신앙심을 보여 주고 있으니까요. 성자의 손은 순례자가 닿기 위해 있는 것이랍니다. 손을 맞잡는 것이 입맞춤이지요.

로미오 성자와 순례자는 입술이 없나요?

줄리엣 있지요, 순례자님. 하지만 입술은 기도하기 위한 것이지요.

로미오 그렇다면 손이 하는 것을 입술도 할 수 있게 해 주세요. 입술이 기도하고 있습니다. 제발 믿음이 절망으로 변하지 않도록 기도를 들어 주세요.

줄리엣 성녀상은 움직이지 못한답니다. 기도를 들어 주더라도요.

로미오 그럼 움직이지 마세요. 제 기도가 이루어지는지 확인해 보겠어요. (줄리엣에게 키스한다.) 그대의 입술이 제 죄를 씻어 주었습니다.

줄리엣 그럼 제 입술이 그 죄를 갖게 되었네요.

로미오 제 입술의 죄를요? 참 달콤하게도 죄를 또 저지르라 하시는군요. 내 죄를 돌려주세요. (다시 키스한다.)

줄리엣 입맞춤을 능숙하게 잘하시네요.

유모 아가씨, 어머니가 찾으세요.

(줄리엣이 어머니에게 간다.)

로미오 저 아가씨의 어머니가 누구신가요?

유모 이 집의 마님이시지요. 선하고 지혜롭고 덕이 있는 부인이시지요. 방금 도련님과 이야기를 나눈 그 따님을 제가 키웠답니다. 아가씨와 결혼하는 사내는 정말이지 복 받는 거예요.

(유모 퇴장.)

로미오 캐풀렛의 딸이라고? 가혹하기도 하지! 내 운명이 원수의 손에 달렸구나.

벤볼리오 이제 가자. 제일 재미있을 때 떠나야 하는 법이거든.

로미오 그래. 그런데 내 문제가 더 커졌어.

캐풀렛 잠깐, 젊은이들. 아직 가기엔 이르다오. 간단한 후식이 준비되어 있거든. (캐풀렛의 귀에 그들이 속삭인다.) 아, 그렇소? 그럼 고마웠소, 신사분들. 잘 가시오. 횃불을 더 가져와라! 다들 이만 잠자리에 들자. 아, 시간이 너무 늦었어. 난 좀 쉬어야겠네.

(줄리엣과 유모만 남고 모두 퇴장.)

줄리엣 유모, 이리 와 봐. 저기 저분은 누구야?

유모 타이베리오 댁 장남이지요.

줄리엣 지금 막 문으로 나가는 분은?

유모 페트루키오 댁 아드님일 거예요.

줄리엣 바로 뒤따라가시는 분은? 춤 안 추시던 분 말이야.

유모 모르겠어요.

줄리엣 가서 물어봐.

(유모가 간다.)

만약 이미 결혼했다면 난 죽을 때까지 다른 사람하고는 결혼하지 않을 거야.

유모 (돌아오며) 로미오래요, 몬태규가의 아들. 원수 가문의 외아들이랍니다.

줄리엣 내 하나뿐인 사랑이 원수의 자식이라니! 그가 누구인지 알기도 전에 너무 빨리 그를 봐 버렸어! 원수를 사랑해야 한다니 엄청난 사랑이 시작되었구나.

유모 그게 무슨 말이에요?

줄리엣 아까 같이 춤춘 분에게 배운 시 구절이야.

(안에서 줄리엣을 부른다.)

유모 지금 가요! 어서 가요, 아가씨. 손님들도 다 가셨어요.

(모두 퇴장.)

제2막

해설자 등장.

해설자 예전의 사랑은 사라지고
새로운 사랑이 그 자리를 채운다네.
로미오가 아름다움에 신음하며 목숨까지도 바쳤던 그 미녀도
줄리엣의 아름다움에 비하면 미녀라고 할 수도 없다오.
로미오는 다시 사랑에 빠졌고 사랑을 받고 있네.
서로의 매력에 끌린 거라오.
하지만 로미오는 원수에게 사랑의 말을 전해야 하고
줄리엣은 두려워해야 할 사람에게 빠져 버렸다네.
둘은 원수 사이이기에 로미오는 줄리엣을 만날 수도
평범한 연인들처럼 사랑을 속삭일 수도 없다오.
줄리엣도 사랑하는 로미오를 만날 수 없기는 마찬가지라네.
하지만 사랑은 두 사람에게 힘을, 시간은 방법을 알려 주니,
이 위험한 사랑이 더욱더 달콤해질 뿐이라네. (퇴장)

· 제1장 ·

로미오 등장.

로미오 내 마음은 여기 있는데 내가 어디로 갈 수 있을까? 내 마음이 있는 곳으로 돌아가자. (로미오 사라진다.)

벤볼리오와 머큐쇼 등장.

벤볼리오 로미오! 내 사촌 로미오! 로미오!

머큐쇼 영리한 놈이잖아. 벌써 집에 가서 발 뻗고 자고 있을걸.

벤볼리오 이쪽으로 달려와서 정원 담을 넘어갔다고. 불러 봐, 머큐쇼.

머큐쇼 영혼을 부르듯이 불러야겠어. 로미오! 미친놈! 열정의 화신! 사랑에 빠진 놈! 한숨으로 내 앞에 나타나 봐. 시를 한 구절만 읊어 주면 만족할게. 외쳐 봐. '아!' 아니면 '사랑!'이나 '비둘기!'도 괜찮아. 수다스러운 비너스에게 예쁜 단어를 하나 말해 봐. 비너스의 눈 먼 아들이자 활의 명수, 큐피드에게 별명을 붙여 봐. 큐피드가 쏜 화살을 맞은 코페투마 왕은 거지 소녀와 사랑에 빠졌지. 로미오는 내 말이 안 들리나 보네. 기척도 없고 움직임도 없어. 아무래도 죽었나 보다. 영혼을 불러야겠어. 로잘린의 반짝이는 눈동자와 넓은 이마, 붉은 입술, 예쁜 발과 쭉 뻗은 다리, 떨리는 허벅지와 그 안쪽의 은밀한 부분으로 너를 부른다. 원래의 모습으로 내 앞에 나타나라.

벤볼리오 로미오가 들으면 화내겠어.

머큐쇼 이런 말로는 화 안 내지. 이상한 혼령을 불러내 그녀와 관계를 맺게 한다면 화낼 거야. 내가 방금 말한 건 공정한 내용이었어. 녀석을 불러내려고 녀석이 사랑하는 여자의 이름을 쓴 것 뿐이니까.

벤볼리오 혼자 있고 싶어서 나무 뒤에 숨었나 보군. 사랑에 눈이 멀었으니까 어둠 속에 있는 게 어울려.

머큐쇼 사랑에 눈이 멀었다면 과녁을 맞힐 수가 없잖아. 비파나무 아래에서 로잘린이 비파 열매였으면 하고 바라고 있을지도 몰라. 그 열매가 꼭 여자의 은밀한 그곳처럼 생겼잖아. 로미오, 그녀는 벌어진 비파 열매, 너는 길쭉한 배가 되어 그녀에게로 가고 싶겠지. 로미오, 난 이만 간다. 난 그만 가서 자야겠어. 이 들판에서 자기엔 너무 추워서 말이야. 어서 가자니까?

벤볼리오 그래, 가자. 일부러 숨었다면 찾으려고 해 봤자 소용없겠지.

(모두 퇴장.)

· 제2장 ·

로미오 등장.

로미오 상처 입은 적 없는 이들은 상처에 대해 너무 쉽게 얘기해.

위쪽에서 줄리엣 등장.

잠깐, 저쪽 창문에서 비치는 빛은 뭐지? 저쪽은 동쪽인데···. 그래, 줄리엣은 태양이야. 아름다운 태양이여, 솟아올라 시샘하는 달을 가려 주시길. 달의 여신은 이미 슬픔으로 창백해 보인다. 시녀인 줄리엣이 자기보다 더 아름다우니까. 질투 많은 달의 시녀가 되지 말아요. 달은 너무 순결해서 병들고 푸르게 보여요. 순결에 매달리는 건 바보나 하는 짓이니까. 아, 내 사랑. 그녀가 내 마음을 알아주었으면 좋겠다. 그녀가 말하고 있지만 들리지 않는구나. 그녀의 눈이 뭐라고 말하고 있어. 대답해야겠어. 아니야, 그건 너무 무모한 짓이야. 그녀는 나에게 말하는 게 아니잖아. 하늘에서 가장 밝은 별 두 개가 자리를 비우는 동안 그녀의 두 눈으로 대신 반짝여 달라고 부탁한 것 같구나. 별과 나란히 있어도 그녀의 두 눈이 더 반짝일 거야, 햇빛이 등불보다 더 밝은 것처럼. 그녀의 두 눈이 밤하늘을 너무 밝게 비추어서 새들조차 아침인 줄 알고 지저귀기 시작하겠지. 한 손을 볼에 가져가는 저 모습을 봐! 그녀의 손을 감싼 장갑이 되어 그녀의 볼에 닿고 싶다!

줄리엣 이런!

로미오 그녀가 말한다. 다시 말해 보세요, 밝게 빛나는 천사여. 오늘 밤 당신은 내 머리 위에서 빛나는 날개 달린 천사 같군요. 사람들은 놀라 뒤로 넘어져 천사가 구름을 건너 하늘을 지나는 모습을 경이로운 눈으로 바라보겠지요.

줄리엣 아, 로미오, 로미오, 왜 당신은 로미오인가요? 아버지를 버리고 이름을 바꿀 순 없나요? 그게 어렵다면 나에게 사랑을 맹세해 주세요. 그러면 나는 캐퓰렛이라는 성을 버리겠어요.

로미오 더 들어야 할까, 아니면 지금 말을 걸어야 할까?

줄리엣 당신의 이름만 내 원수일 뿐, 당신이 몬태규든 아니든 나에게 당신은 당신일 뿐이에요. 몬태규가 대체 뭐란 말인가요? 손도 아니고 발도 아니고 팔도 아니고 얼굴도 아니고 그 무엇도 아니에요. 제발 다른 이름이 되세요! 대체 이름이란 뭔가요? 장미는 장미가 다른 이름으로 불려도 여전히 향기로울 거예요. 로미오는 로미오가 아니어도 여전히 완벽할 거예요. 로미오, 이름을 버리세요. 당신과 아무 상관도 없는 그 이름 대신 내 전부를 가지세요.

로미오 당신의 말을 믿을게요. 날 당신의 연인이라 불러 준다면 그 어떤 이름이라도 되겠어요. 지금 이 순간부터 난 로미오가 아니에요.

줄리엣 누구시죠? 누구신데 어둠 속에 숨어서 남의 말을 엿듣는 건가요?

로미오 이름으로는 내가 누구인지 말씀드릴 수가 없겠군요. 성스러운 여인이여, 나는 내 이름이 싫습니다. 내 이름은 당신의 원수이기 때문이지요. 만약 내가 내 이름을 종이에 쓴다면 그 종이를 갈기갈기 찢어 버릴 거예요.

줄리엣 당신의 말을 아직 백 마디도 듣지 않았지만 누구의 목소리인지 알겠어요. 당신은 로미오지요? 몬태규가의?

로미오 둘 다 아니에요, 당신이 싫어한다면.

줄리엣 여긴 어떻게 오신 거예요? 왜 오신 거예요? 정원의 담이 높아서 넘어오기 힘들었을 텐데. 당신이 여기 있는 걸 가문 사람들이 알면 가만두지 않을 거예요.

로미오 사랑의 날개로 날아서 담을 넘어왔어요. 돌담도 사랑을 막을 순 없으니까. 사랑에 빠진 남자는 무슨 짓이든 할 수 있거든요. 당신의 가족들도 날 막을 순 없을 거예요.

줄리엣 당신을 보면 죽이려고 할 거예요.

로미오 나는 칼 든 당신 가족 스무 명보다 당신의 화난 눈빛이 더 무서워요. 당신이 다정한 눈빛으로 바라봐 준다면 그들의 증오 따위는 두렵지 않아요.

줄리엣 어떻게 해서든 우리 집 사람들이 당신을 보지 못하게 할 거예요.

로미오 밤의 망토가 나를 가려 주니까 눈에 띄지 않을 거예요. 당신이 날 사랑하지 않는다면 차라리 발각되는 게 나아요. 당신의 사랑을 얻지 못하고 사느니 그들의 증오로 죽는 게 나아요.

줄리엣 그나저나 여긴 어떻게 알고 온 거예요?

로미오 사랑이 안내해 주었어요. 애초에 나를 당신에게 이끈 것도 사랑이었답니다. 나는 사랑에 눈을 빌려주고 사랑이 이끄는 대로 할 뿐입니다. 난 비록 뱃사람은 아니지만 당신이 저 먼 바다 너머에 있다고 해도 위험을 무릅쓰고 바다를 건너 당신을 찾으러 갈 거예요.

줄리엣 어두워서 내 얼굴이 안 보이는 게 다행이에요. 붉어진 얼굴을 보여야 했을 테니까요. 아까 제가 혼자 한 말을 들으셨잖아요. 체면을 차리고 아까 한 말을 부정하고 싶지만 체면 따위는 차리지 않겠어요. 나를 사랑하나요? 그렇다고 하시겠지요. 당신의 말을 믿어요. 하지만 당신이 나를 사랑한다고 맹세하면 거짓말일 수도 있을 거예요. 제우스는 연인들이 서로 거짓말하면 웃음을 터뜨린대요. 아, 로미오, 당신이 나를 정말로 사랑한다면 진실하게 말해 주세요. 만약 당신이 내 마음을 너무 쉽게 얻었다고 생각한다면, 난 얼굴을 찡그리고 까다롭게 굴어서 당신이 애를 태우며 구애하게 만들 거예요. 하지만 당신이 그렇게 생각하지 않는다면 나도 그러지 않을게요. 사실은, 잘생긴 몬태규님, 난 당신이 정말 좋아요. 내 행동이 가볍게 느껴질지도 몰라요. 하지만 내숭 떨면서 까다롭게 구는 여자들보다 내가 더 진실하다는 걸 보여 줄게요. 만약 당신이 거기 없었고, 그래서 내 마음속의 사랑을 고백하는 말을 듣지 못했다면 당신께 좀 더 차갑게 굴었을지도 몰라요. 그러니까 내가 당신에게 이미 푹 빠졌다고 해서 내 사랑을 가볍게 여기진 말아 주세요.

로미오 아가씨, 이곳의 과일나무들을 은빛으로 물들이는 저 하늘의 신성한 달에 대고 맹세…

줄리엣 아, 달에 대고 맹세하지 마세요. 달은 항상 바뀌잖아요. 날이 바뀔 때마다 모양이 달라지는 저 달처럼 당신의 사랑이 변덕스러울까 봐 걱정스러워요.

로미오 그럼 무엇에 대고 맹세할까요?

줄리엣 맹세하지 마세요. 맹세를 꼭 해야겠다면 자신을 걸고 해 주세요. 당신은 내가 숭배하는 신이니까요. 당신에 대고 한 맹세라면 믿을게요.

로미오 만약 내 가슴의 진정한 사랑이…

줄리엣 아니, 맹세하지 마세요. 오늘밤 서로 사랑을 약속하는 건 기쁘지만 너무 성급해요. 너무 갑작스럽고 경솔한 일이에요. "번개가 치네."라고 말하기도 전에 번쩍했다가 사라져 버리는 번개 같아요. 지금 여름날에 막 피어난 꽃봉오리 같은 우리 사랑이 다음번에 만날 때는 아름다운 꽃으로 피어나 있길 바랄게요. 당신도 지금의 나처럼 편안함을 느꼈으면 좋겠어요.

로미오 이렇게 나에게 아쉬운 마음만 남기고 가 버릴 건가요?

줄리엣 어떻게 하면 만족스러우시겠어요?

로미오 당신과 나의 충실한 사랑의 서약으로요.

줄리엣 당신이 부탁하기도 전에 난 이미 했는걸요. 만약 되돌릴 수 있다면 다시 하고 싶어요.

로미오 되돌리고 싶다니 그게 무슨 말인가요, 내 사랑.

줄리엣 아낌없이 주고픈 마음으로 당신께 다시 한번 서약을 드리고 싶어서예요. 하지만 이미 가진 걸 소망하는 것과 같겠지요. 당신을 향한 내 사랑은 바다처럼 끝이 없고 깊답니다. 당신께 사랑을 드릴수록 내가 가진 사랑도 커지니 둘 다 끝이 없네요. (안에서 유모가 부른다.) 안에서 소리가 들려요. 잘 가요, 내 사랑. 잠깐만, 유모! 사랑하는 몬태규 님, 변하지 마세요. 가지 말고 잠깐만 기다려요, 다시 올게요.

(줄리엣 퇴장.)

로미오 아, 축복받은, 축복받은 밤이로구나! 사방이 깜깜하니 이 모든 게 꿈일까 두렵구나. 현실이라기엔 너무 달콤해서.

위에서 줄리엣 등장.

줄리엣 로미오, 한마디만 더 하고 정말로 그만 가 봐야겠어요.

날 사랑하는 마음이 진심이라면, 나와 결혼하고 싶다면 내일 사람을 보낼 테니, 언제 어디서 식을 올릴지 알려 주세요. 내 모든 운명을 걸고 당신을 따라갈 거예요. 세상 어디든지요.

유모 (안에서) 아가씨!

줄리엣 금방 갈게! 하지만 저와 그럴 생각이 없다면….

유모 (안에서) 아가씨!

줄리엣 알았어, 간다니까! 그렇다면, 그만두시고 절 그냥 슬픔 속에 내버려두세요. 아무튼 내일 사람을 보낼게요.

로미오 간절히 기다릴게요.

줄리엣 천 번이고 안녕히.

(줄리엣 퇴장.)

로미오 당신을 떠나는 게 천 배는 더 힘들군요. 사랑하는 사람을 만나러 갈 때는 하굣길처럼 즐겁지만 사랑하는 사람과 헤어질 때는 무거운 책가방을 메고 학교에 가는 등굣길처럼 우울하구나. (로미오 가려고 한다.)

위에서 줄리엣 다시 등장.

줄리엣 헛! 헛! 로미오! 아, 길들인 사냥매를 돌아오게 하는 소리를 낼 수 있었으면 좋을 텐데. 누가 들을까 봐 큰 소리로 부르지도 못하겠어. 집만 아니라면 메아리 요정이 사는 동굴로 쳐들어가서 메아리 요정에게 로미오의 이름을 목청껏 부르게 할 텐데. "나의 로미오!"

로미오 나의 영혼이 내 이름을 부르는구나. 밤에 연인이 연인의 이름을 부르는 소리는 정말로 달콤하구나. 이렇게 달콤한 소리는 다시 없을 거야.

줄리엣 로미오!

로미오 나의 연인.

줄리엣 내일 아침 몇 시에 사람을 보낼까요?

로미오 아홉 시에 보내 줘요.

줄리엣 그렇게 할게요. 그때까지의 시간이 20년처럼 느껴질 것 같아요. 당신을 다시 부른 이유를 까먹었어요.

로미오 기억날 때까지 여기 서 있을게요.

줄리엣 그렇게 계속 서 계시면 영원히 기억나지 않을 거예요. 당신과 같이 있는 게 너무 좋아서.

로미오 기억나지 않아도 계속 서 있을래요. 집 따윈 잊어버렸어요. 여기가 내 집이에요.

줄리엣 벌써 아침이 다 됐어요. 이제 당신을 보내야겠어요. 하지만 멀리 보내진 못할 것 같아요. 개구쟁이 아이는 실에 묶은 새를 놔주려고 하지만 새가 한 걸음만 걸어가도 샘이 나서 실을 홱 잡아당기지요.

로미오 당신의 새가 되고 싶어요.

줄리엣 저도 그랬으면 좋겠어요. 하지만 너무 귀여워하다가 죽게 할지도 몰라요. 잘 가요, 잘 가요. 당신과 헤어지는 게 너무 슬퍼요. 내일이 올 때까지 작별 인사만 계속할지도 몰라요.

(줄리엣 퇴장.)

로미오 당신의 두 눈에는 잠이, 가슴에는 평화가 있기를. 아, 내가 그 잠이고 평화라면 얼마나 좋을까. 그럼 당신과 함께 밤을 보낼 수 있을 텐데. 이제 신부님을 찾아가 도움을 청하고 내 행복에 대해 말씀드려야겠다.

(로미오 퇴장.)

· 제3장 ·

바구니를 든 로렌스 신부 등장.

로렌스 신부 찌푸린 밤 대신 미소 짓는 아침이 찾아와 동쪽 구름을 환하게 비추는구나. 어둠이 술 취한 사람처럼 비틀거리며 태양신의 수레가 지나는 길목에서 멀어진다. 이글거리는 태양이 뜨고 낮이 되어 이슬이 마르기 전에 바구니를 독초와 약초로 가득 채워야겠구나. 대지는 자연의 어머니이자 자연의 묘지. 식물들은 자궁과도 같은 대지에서 태어나 죽으면 거기에 묻힌다. 대지의 자궁에서는 다양한 동물과 식물이 나지. 자연은 그 자식들에게 영양분을 공급하지. 자연이 만드는 모든 것에는 저마다 고유한 특징이 있어. 모두가 다르지. 나무와 풀, 돌에는 놀라운 힘이 있어. 대지에서 나는 것은 아무리 해로워 보여도 대지에 이롭지 않은 게 없어. 하지만 아무리 좋은 것이라도 잘못 사용하면 해롭게 변해 버린다. 덕은 잘못 쓰면 악이 되고, 악도 제대로 쓰면 덕이 되는 거야.

로미오 등장.

이 연약한 꽃 속에는 독성도 있고 약성도 있다. 향기를 맡으면 기분이 좋아지지만 먹으면 심장이 멎어 버리니까. 약초는 물론이고 인간에게도 서로 반대되는 덕과 악이 존재하지. 악이 우세하면 죽음이 암처럼 찾아와 식물이든 사람이든 죽음으로 몰아넣지.

로미오 안녕하세요, 신부님.

로렌스 신부 신의 축복이 있으시길. 이렇게 이른 시간에 누가 찾아오셨나. 젊은이, 이렇게 일찍 잠에서 깬 걸 보니 근심거리가 있는 모양이구먼. 늙은이야 걱정이 많아서 잠을 설치지만, 젊은이들은 걱정할 게 하나도 없으니 일찍 잠자리에 들어 오랫동안 푹 자기 마련인데⋯. 이렇게 이른 시간에 찾아온 걸 보니 걱정거리가 있어 잠을 설친 모양이군. 그게 아니라면 이것이겠지. 로미오, 자네 애초에 잠자리에 들지 않은 건가?

로미오 맞습니다. 하지만 잠보다 달콤한 휴식을 즐겼지요.

로렌스 신부 맙소사, 로잘린과 같이 있었는가?

로미오 로잘린이라니요? 신부님, 저는 그 이름도, 그 이름이 주는 고통도 벌써 다 잊었….

로렌스 신부 잘됐구나. 그럼 어디에 있었던 건가?

로미오 다시 물으시기 전에 말씀드리지요. 실은 원수의 집에서 열린 파티에 갔답니다. 거기서 누군가 저에게 상처를 입혔고, 저역시 그 사람에게 상처를 입혔습니다. 신부님의 성스러운 손길로 저희 두 사람을 치료해 주세요. 증오심으로 이러는 게 아닙니다. 제가 드리는 간청은 적에게도 이로운 것이니까요.

로렌스 신부 좀 더 분명하게 말해 다오. 수수께끼 같은 고해는 용서 역시 어렵게 만드니까.

로미오 그럼 쉽게 말씀드리지요. 저는 캐퓰렛 가문의 아름다운 딸을 사랑하게 되었습니다. 제가 그녀를 사랑하는 것처럼 그녀도 저를 사랑해요. 우리는 이미 하나로 이어졌고, 이제 신부님께서 결혼 서약으로 저희를 맺어 주실 일만 남았습니다. 언제 어디서 어떻게 만나 사랑에 빠지고, 사랑의 서약을 나누었는지는 나중에 차차 말씀드리겠습니다. 우선 오늘 우리를 결혼시켜 주겠다고 약속해 주세요.

로렌스 신부 하느님, 맙소사! 이게 갑자기 무슨 변덕이란 말이냐! 그렇게 사랑했던 로잘린을 어떻게 그렇게 빨리 잊을 수가 있어? 젊은이들은 마음이 아니라 눈으로 사랑을 하는가 보구나. 로잘린 때문에 그렇게 눈물을 흘려 놓고! 맛도 보지 못한 사랑에 간을 맞추려 그렇게 짜디짠 눈물을 잔뜩 낭비했단 말인가? 눈앞의 안개가 햇살에 걷히기도 전에! 자네의 신음이 이 늙은이의 귀에 아직도 울려 퍼지는 것 같거늘. 자네 뺨에 이렇게 눈물 자국이 아직도 남아 있지 않은가? 자네가 자네 자신이고 자네의 고통이 모두 자네의 것이라면, 자네도 자네의 고통도 모두 로잘린을 위한 것이었는데…. 사람이 변한 것인가? 이 말을 따라해 보게. 남자의 마음이 그렇게 변덕스러우면 여자도 절대 충실하지 않을 걸세.

로미오 하지만 신부님은 로잘린을 사랑한다고 절 꾸짖으셨잖아요.

로렌스 신부 사랑이 아니라 집착을 꾸짖은 거지.

로미오 사랑을 묻어 버리라고 하셨지요.

로렌스 신부 그 사랑을 버리고 다른 사랑을 찾으라고 하진 않았네.

로미오 신부님, 제발 꾸짖지 마세요. 지금 제가 사랑하는 여인은 제 마음에 보답을 해 줍니다. 그녀도 저를 사랑해요. 로잘린은 그러지 않았어요.

로렌스 신부 로잘린은 자네가 진정한 사랑의 의미도 모른 채 사랑을 연기하고 있다는 걸 알았던 게지. 그럼에도 변덕쟁이 젊은이여, 같이 가세. 내가 두 사람을 도와주지. 이 결혼으로 두 가문의 갈등이 해결될 수 있을지도 모르니까.

로미오 어서 가시죠. 급합니다.

로렌스 신부 천천히 현명하게 움직이게. 서두르면 휘청거리다 넘어질 수 있으니까.

(퇴장.)

· 제4장 ·

벤볼리오와 머큐쇼 등장.

머큐쇼 도대체 로미오는 어디 있는 거야? 어젯밤에 집에도 안 왔다며?

벤볼리오 안 왔다네. 하인에게 물어봤어.

머큐쇼 창백한 피부에 돌처럼 단단한 심장을 가진 로잘린 그 여자 때문에 괴롭다 못해 정신이 나가 버린 것 아닐까?

벤볼리오 캐풀렛 가문의 티볼트가 로미오의 집으로 편지를 보냈다는군.

머큐쇼 보나마나 도전장이겠지.

벤볼리오 로미오는 회신을 보낼 거야.

머큐쇼 글을 쓸 줄 안다면 누구든 회신을 보내겠지.

벤볼리오 아니, 도전을 받아들일 거라고.

머큐쇼 불쌍한 로미오! 녀석은 이미 산송장이잖아. 창백한 계집의 검은 눈에 찔리고, 사랑의 노래에 귀가 찢기고, 심장은 한가운데가 큐피드의 화살에 맞아 쪼개졌으니…. 과연 이런 상태로 티볼트와 맞설 수 있을까?

벤볼리오 티볼트가 뭐라도 돼?

머큐쇼 고양이 왕자보다 강하지. 항상 모든 걸 규칙대로 하기로 유명하지. 꼭 악보를 보고 노래하는 것처럼 시간과 거리와 박자를 정확히 지키면서 싸우거든. 하나, 둘, 셋에 상대의 가슴을 찌르고 쉬는 거지. 상대의 비단 단추를 찌르는 건 일도 아니라고. 최고의 검술 학교에서 배운 신사라고. 자신의 명예를 모욕하는 자는 절대로 가만두지 않아. 파사도, 그러니까 앞찌르기. 푼토 레버소, 그러니까 뒤찌르기. 하이, 그러니까 심장 찌르기의 명수라고!

벤볼리오 뭐라고 하는 거야?

머큐쇼 난 유식한 척 외국어나 새로운 표현 쓰는 놈들은 질색이야. 그 해괴한 태도며 억양이 얼마나 꼴사나운지! "어머나, 그것참 훌륭한 검이군요, 아주 용맹한 남자군요, 아주 훌륭한 창녀군요." 이러잖아. 참 한탄스러운 일 아닌가. 유행이나 좇는 외국물 먹은 날파리 같은 놈들 말이야. 그런 놈들은 "실례해요." 따위의 말이 입에 뱄어. 새 걸 너무 좋아해서 오래된 의자에 앉을 때면 "아이구, 삭신이 쑤신다."라고 투덜대지.

로미오 등장.

벤볼리오 로미오가 온다, 로미오야!

60

머큐쇼 꼭 알을 빼서 말린 청어처럼 말라비틀어졌네. 말린 생선처럼 힘이 하나도 없어 보여. 이제 페트라르카*처럼 사랑의 시를 쓰겠지. 그 시에 나오는 로라는 로미오의 연인과 달리 부엌에서 일하는 하녀지만 사랑 노래는 로라의 연인이 더 잘 썼지. 디도는 볼품없었고, 클레오파트라는 집시였고. 헬레네와 헤로는 매춘부였고 디스비는 눈은 예뻤지만 그게 무슨 소용이겠어. 봉주르, 로미오! 늘어난 프랑스식 바지를 입고 있으니까 프랑스식으로 인사해 주지. 어제 우릴 속이고 몰래 도망쳤겠다.

로미오 다들 좋은 아침이야. 내가 언제 자네들을 속였다는 거야?

머큐쇼 속인 게 맞잖아. 무슨 얘긴지 모르겠어?

로미오 미안해, 머큐쇼. 아주 중요한 일이 있었거든. 워낙 중요한 일이라 예의를 차릴 수가 없었어.

머큐쇼 그 '중요한 일'이란 게 몸 쓰는 것이었나 봐?

로미오 허리 숙여 인사하는 예의범절 말인가?

머큐쇼 아랫도리로 과녁을 명중한 거지.

로미오 아주 예의 바른 설명이군.

머큐쇼 난 예의범절의 꽃이거든.

로미오 분홍색 꽃 말이군.

머큐쇼 그래.

로미오 꽃은 내 신발에 잔뜩 달렸어.

---

* 페트라르카: 이탈리아 르네상스 시대의 시인이자 학자(1304~1374).

머큐쇼 잘 받아치는군. 농담에 자네 신발이 다 닳았겠어. 밑창도 다 닳았으니 이제 농담밖에 남지 않았겠군.

로미오 재미없는 농담이야. 바보 같다고.

머큐쇼 벤볼리오, 도와줘. 이 재치 다툼을 좀 끝내 주게. 내가 지고 있다고.

로미오 계속해. 그만두면 승자는 나니까.

머큐쇼 아니, 기러기 사냥 같은 재치 싸움은 그만하지. 내가 졌어. 자네 농담 하나가 잡은 기러기가 내 농담 다섯 개가 잡은 기러기보다 많으니까. 기러기 사냥에서 내가 자네의 적수가 되긴 했나?

로미오 아니. 자네는 기러기 사냥뿐만 아니라 그 무엇에서도 나한테는 안 되지.

머큐쇼 그 농담에는 내가 자네 귀를 물어뜯어 줘야겠어.

로미오 착한 기러기야, 물지 마라.

머큐쇼 자네 농담은 떫은 사과 같아. 매운 소스가 따로 없어.

로미오 기러기 고기에 잘 어울리지 않겠어?

머큐쇼 1인치 가죽을 1야드로 쫙 늘린 것 같은 농담이군.

로미오 기러기 고기는 잘 펴 줘야 맛있거든. 기러기를 맛있게 요리해 먹으려고 거기까지 농담을 던진 거지.

머큐쇼 이런 농담 따먹기가 여자 때문에 우는 소리 하는 것보다 훨씬 재미있지 않아? 자네 오늘은 말 상대가 되는 게 평소의 로미오 같군. 이제야 평소 자네 모습으로 돌아왔어. 장난감을 숨기려고 작은 구멍을 찾아 헤매는 사랑에 빠진 바보 같은 모습이 아니라.

벤볼리오 다들 이제 그만하게.

머큐쇼 이제 시작인데 그만하라니?

벤볼리오 지금 안 말리면 끝이 안 날 것 같아서.

머큐쇼 아니, 틀렸어. 짧게 끝내려고 했거든. 할 말은 다 했으니 슬슬 끝내려던 참이었다고.

유모와 하인 피터 등장.

로미오 어, 뭐지?

벤볼리오 배다, 배야.

머큐쇼 두 척이군. 남자와 여자.

유모 피터!

피터 잠시만요.

유모 부채 좀 줘.

머큐쇼 피터, 얼른 부채를 드리게. 그래야 얼굴을 가리지. 부채가 부인보다 더 예쁘군.

유모 좋은 아침이네요, 신사분들.

머큐쇼 좋은 오후인데요, 아름다운 부인.

유모 벌써 오후인가요?

머큐쇼 오후지요. 시계의 음탕한 손이 오후의 거시기를 누르고 있으니까요.

유모 당장 저리 가세요! 뭐 이런 사람이 다 있담?

머큐쇼 나는 신이 스스로를 파괴하려고 만든 인간이랍니다.

유모 과연 그런 것 같군요. 신이 스스로를 파괴하려고 만든 인간! 그나저나 신사분들, 로미오라는 젊은 분을 만나려면 어디로 가야 하는지 아시나요?

로미오 제가 압니다. 하지만 로미오를 찾았을 때는 지금보다 더 늙어 있을 겁니다. 그 이름을 가진 사람으로는 제가 제일 젊어요. 저보다 못난 로미오도 없고요.

유모 말씀을 아주 잘하시네요.

머큐쇼 못났다는데 말을 잘하다니요? 꿈보다 해몽이 좋네요. 아주 지혜로우시군요.

유모 당신이 제가 찾는 로미오 님이라면 긴히 드릴 말씀이 있어요.

벤볼리오 만찬에 초대하려는 모양이군.

머큐쇼 뚜쟁이다, 뚜쟁이야! 찾았다!

로미오 뭘 찾았다는 거야?

머큐쇼 보통 토끼가 아니거든. 사순절 파이에 넣는 싱싱한 토끼가 아니라 오래돼서 상한 토끼란 말이야. (노래한다.)

"오래돼서 상한 토끼 고기는

달리 먹을 게 없을 때나 먹지

오래돼서 상한 토끼 고기는

먹기도 전에 상해 있어서

돈만 버린다네."

로미오, 집으로 갈 건가? 우리도 자네 집으로 가서 점심을 먹을 거야.

로미오 먼저 가.

머큐쇼 그럼, 이만. 호호 할머니, 안녕히.

(머큐쇼와 벤볼리오 퇴장.)

유모 저따위 저급한 농담을 늘어놓는 저 사람은 누구인가요?

로미오 혼자 떠들어 대길 좋아하는 사람이에요. 남들은 한 달 동안 할 말을 1분이면 하는 사람이지요.

유모 내 욕하는 걸 걸리기만 해 봐. 가만두지 않을 테다. 생긴 것보다 힘 좀 쓴대도 저런 놈 스무 명쯤은 아무것도 아니지. 내 힘으로 안 되면 다른 사람한테 부탁하면 돼. 불한당 같은 놈! 내가 제 놈의 장난감이야, 같이 건들거리며 다니는 친구야? (피터에게) 넌 내가 희롱당하는데도 왜 보고만 있는 거야?

피터 전 유모가 희롱당하는 걸 못 보았는데요. 그런 일을 목격했다면 곧장 칼을 뽑았겠죠. 정말이에요. 눈앞에서 싸움이 벌어진다면, 법에 어긋나지만 않는다면 그 누구보다 빨리 칼을 뽑았을 거라고요.

유모 세상에, 분해서 아직까지 몸이 떨리네. 쥐새끼 같은 놈! (로미오에게) 아까 말씀드렸듯이 우리 아가씨가 당신을 찾아가 보라고 하셨어요. 무슨 말을 전하라고 했는지는 저만 알고 있답니다. 그전에 먼저 말씀드리지요. 만약 당신이 우리 아가씨를 갖고 노는 거라면 사람들 말마따나 막돼먹은 짓이죠. 우리 아가씨는 아직 어려요. 우리 아가씨를 갖고 노는 거라면, 아니 그 어떤 아가씨라도, 그건 신사답지 못한 비열한 행동이에요.

로미오 유모, 아가씨에게 전해 주세요. 맹세하건대….

유모 정말 다정하신 분이군요. 꼭 전해 드릴게요. 아가씨가 무척 기뻐하실 거예요.

로미오 유모, 뭘 전한다는 거예요? 내 말은 아직 듣지도 않았잖아요?

유모 우리 아가씨에게 청혼하신 거잖아요. 정말 신사시군요.

로미오 어떻게든 오늘 오후에 고해성사를 하러 오라고 전해 주세요. 로렌스 신부님의 방에서 고해성사를 하고 결혼할 거라고요. (돈을 주며) 이건 수고해 준 대가예요.

유모 아니에요. 한 푼도 받지 않겠어요.

로미오 받아 주세요.

유모 (돈을 받으며) 오늘 오후라고 하셨죠? 꼭 전해 드릴게요.

로미오 유모는 수도원 담 뒤에서 기다리고 계세요. 한 시간 후에 제 하인이 사다리 모양으로 엮은 밧줄을 가지고 갈 겁니다. 오늘 밤 나를 최고의 행복으로 안내해 줄 사다리지요. 그럼 이만. 이 비밀은 꼭 지켜 주세요. 아가씨한테 잘 말해 주시고요.

유모 하느님의 은총이 있으시길! 잠시만요!

로미오 왜 그러세요, 유모?

유모 그 하인은 입이 무거운 자인가요? "둘 중 한 명이 멀리 있어야만 둘의 비밀이 지켜질 수 있다."는 말도 있잖아요.

로미오 장담하건대 바위처럼 무거운 입을 가진 사람이랍니다.

유모 우리 아가씨는 정말로 사랑스러운 분이세요. 아가씨가 어렸을 때… 아참, 베로나에 아가씨와 결혼하고 싶어 하는 남자분이 있어요. 파리스 백작이라고. 그런데 우리 아가씨는 그분이랑 결혼하느니 차라리 두꺼비와 결혼하겠다고 하시지 않겠어요. 제가 아가씨에게 백작님이 도련님보다 미남이라고 하면 화를 내신답니다. 얼굴이 새하얗게 질리세요. 로즈메리와 로미오는 같은 글자로 시작하지 않나요?

로미오 그렇죠. 둘 다 '알(R)' 자로 시작하지요. 그게 왜요?

유모 그건 개들이 내는 소리잖아요. 으르르르렁. 아, 그건 다른 글자로 시작하지. 아무튼 아가씨는 로미오와 로즈메리가 들어가는 아주 멋진 글귀를 읊으신답니다. 당신도 들어 보시면 좋을 텐데.

로미오 아가씨에게 나에 대해 잘 말해 줘요.

유모 아무렴요, 천 번이라도 그렇게 하죠! 피터!

피터 예.

유모 앞장서거라.

(모두 퇴장.)

· 제5장 ·

줄리엣 등장.

줄리엣 유모를 보낸 게 아홉 시인데, 반 시간 뒤에 돌아온다고 하고선…. 로미오 님을 만나지 못한 걸까? 아니야, 그럴 리 없어. 유모는 굼벵이야! 사랑의 전령사가 생각이라면 얼마나 좋을까. 생각은 빛보다 열 배는 빠르고, 어두운 언덕에 내려앉은 그림자를 밀어낼 만큼 힘이 세잖아. 그래서 빠르게 날갯짓하는 비둘기가 사랑의 여신의 수레를 끌고, 큐피드는 바람처럼 빨리 나는 날개가 있는 거야. 벌써 해가 중천에 떴는데, 아홉 시에서 세 시간이나 지났는데 유모는 깜깜무소식이구나. 유모가 사랑에 빠진 젊은이라면 공처럼 빠르게 그와 나 사이를 오가며 말을 전할 텐데…. 나이든 사람들은 꼭 죽은 사람 같다니까. 무겁고 굼뜨고 납처럼 얼굴에 핏기라고는 없어.

유모와 피터 등장.

어머나, 유모가 돌아왔어! 유모, 무슨 소식을 가져왔어? 그분을 만났어? 피터는 내보내.
유모 피터, 문에서 기다려라.

(피터 퇴장.)

줄리엣 사랑하는 유모, 왜 그렇게 슬픈 표정이야? 슬픈 소식이
라도 기쁘게 얘기해 줘. 좋은 소식도 그렇게 슬픈 얼굴로 전한다
면 다 망치겠어.

유모 고단해서 그래요. 잠깐만 쉴게요. 아이고, 온몸이 다 쑤시
네. 얼마나 돌아다녔던지.

줄리엣 내 뼈라도 주고 싶어. 부탁이니까 얼른 말해 줘, 유모. 응?

유모 아이고, 급하기도 하셔라! 잠깐도 못 기다리시겠어요? 제
가 이렇게 숨 가빠하는 것도 안 보이세요?

줄리엣 숨이 가쁘다면서 말할 숨은 있잖아. 핑계 댈 시간에 벌
써 말하고도 남았겠어. 좋은 소식이야, 나쁜 소식이야? 그것만
말해 줘. 그럼 나머지는 기다렸다가 들을게. 좋은 소식이야, 나
쁜 소식이야?

유모 아가씨는 어리석은 선택을 했어요. 남자 볼 줄을 몰라. 로
미오? 아이고, 그 사람은 아니에요. 뭐, 얼굴도 잘생기고 다리도
쭉 빠지고 손도 발도 흠잡을 데 없긴 하지만요. 최고로 예의 바
른 신사라곤 할 수 없지만, 그래도 어린 양처럼 순하긴 하더군
요. 아가씨 마음대로 하세요. 점심은 드셨어요?

줄리엣 아니. 다 내가 알고 있는 얘기잖아. 우리 결혼에 대해선
뭐라고 하셔? 응?

유모 아이고, 골 아파 죽겠네! 머리가 스무 조각 난 것처럼 쾅
쾅 울리네. 아이고, 허리야! 아니, 거기 말고 반대쪽요! 아이고,
허리 아파 죽겠다! 아가씨 심부름하느라 정신 없이 뛰어다녔더

니 정말 죽겠구나.

줄리엣 아프다니 내가 미안해. 사랑하는 유모, 로미오 님이 뭐라고 하셨어?

유모 아가씨가 사랑하는 로미오 님은 아주 예의 바른 신사처럼 말씀하셨어요. 공손하고 친절하고 미남에다 덕도 있으시고… 마님은 어디 계세요?

줄리엣 어머니는 어디 계시냐고? 집 안에 계시겠지, 어디 계시겠어? 유모 대답이 이상해! 아가씨가 사랑하는 로미오 님이 예의 바른 신사처럼 말하길, "마님은 어디 계세요?"라고 했다고?

유모 맙소사! 아니, 그렇게 급하세요? 온몸이 쑤신다는 사람한테 어떻게 그럴 수 있어요? 이제부터 말을 전하려거든 아가씨가 알아서 하세요.

줄리엣 너무 엄살 피우지 마. 얼른, 로미오가 뭐라고 했어?

유모 오늘 고해성사 간다고 허락 받으셨어요?

줄리엣 응.

유모 그럼 당장 로렌스 신부의 사제관으로 가세요. 거기에 아가씨를 아내로 맞을 남편이 기다리고 있을 테니까요. 아이구, 얼굴 붉어지는 것 좀 봐. 말만 듣고도 벌써 그렇게 얼굴이 빨개지시니…. 얼른 성당으로 가세요. 난 밧줄 사다리를 받으러 다른 길로 가야 해요. 오늘 밤에 아가씨 신랑이 그걸 타고 아가씨 방으로 올라올 거예요. 난 아가씨를 기쁘게 해 드리려고 이렇게 고생하는데…. 하지만 오늘 밤엔 아가씨도 일을 치르셔야 할 거예요.

얼른 사제관으로 가세요.

줄리엣 행복을 찾아가는 거야! 착한 유모, 그럼 나는 가 볼게.

(모두 퇴장.)

· 제6장 ·

로렌스 신부와 로미오 등장.

로렌스 신부 하느님, 이 두 사람의 거룩한 결혼을 축복해 주시고 이후에 아무런 슬픔도 찾아오지 않도록 해 주소서.

로미오 아멘, 아멘. 그러나 어떤 슬픔이 닥쳐도 제가 그녀를 바라보는 순간에 느끼는 기쁨보다 클까요? 신부님께서 성스러운 말씀으로 저희를 맺어 주시기만 한다면 사랑을 집어삼키는 죽음이 어떤 짓을 해도 두렵지 않습니다. 줄리엣을 내 사람이라고 부를 수만 있다면 전 그걸로 충분해요.

로렌스 신부 그렇게 갑작스러운 기쁨은 갑작스러운 끝을 맺는 법이다. 불과 화약이 서로 닿는 순간 폭발하는 것처럼 절정의 순간에 소멸해 버리지. 아무리 달콤한 꿀이라도 너무 많이 먹으면 질리고 다시는 먹고 싶지 않지. 사랑도 적당해야 오래가는 법이란다. 너무 빠른 건 너무 느린 것만 못해.

줄리엣 등장.

아가씨가 왔구나. 저렇게 가벼운 발걸음으로 바위처럼 험난한
길을 헤쳐나갈 수 있을는지. 사랑에 빠진 이들은 여름날의 바람
처럼 가벼워서 거미줄 위에서도 떨어지지 않고 걸을 수 있다지.
사랑이 주는 기쁨이란 그토록 헛되고 가벼운 것이다.

줄리엣 안녕하세요, 신부님.

로렌스 신부 로미오가 내 인사까지 대신하겠지. 로미오가 아가씨
한테 고마워할 거야. 내 몫까지.

줄리엣 저도 고마운걸요. 그러니 비긴 거예요.

로미오 아, 줄리엣, 당신이 느끼는 기쁨의 크기가 나와 같다면,
그리고 당신이 그 기쁨을 나보다 더 잘 표현할 수 있다면 부디
말해 줘요. 이 방이 당신의 숨결로 향긋해지고 당신의 음악 같
은 목소리가 퍼져 나가도록. 우리가 서로를 만나서 느끼는 행복
을 당신이 표현해 줘요.

줄리엣 이내 마음을 말로 다 표현할 수 없어요. 부자가 아니라
가난한 사람만 자기가 가진 재물을 셀 수 있지요. 우리의 사랑
은 저를 엄청난 부자로 만들어서 가진 사랑의 절반도 헤아릴 수
가 없답니다.

로렌스 신부 자, 얼른 가서 식을 올리자. 미안하지만 결혼으로 맺
어지기 전까지는 둘만 있을 시간이 없으니까.

(모두 퇴장.)

제3막

· 제1장 ·

머큐쇼, 벤볼리오, 일행과 함께 등장.

벤볼리오 부탁이야, 머큐쇼. 이제 그만 돌아가자. 날도 덥고 캐풀렛 놈들이 쫙 깔렸어. 마주치면 분명 싸움이 날 거야. 더운 날에는 피가 쉽게 끓거든.

머큐쇼 자넨 이러잖아. 술집에 들어가 탁자에 칼을 탁 올려놓고, "널 쓸 일이 없기를 기도한다."라고 말하고는 술이 두 잔째 들어가자마자 아무 이유 없이 칼을 뽑아 바텐더를 겨누지.

벤볼리오 내가 그런다고?

머큐쇼 자넨 수틀리면 이탈리아에서 가장 열을 잘 받는 놈이 되잖아. 아주 사소한 일에도 화가 폭발하지. 화내고 싶을 땐 어떻게든 꼬투리를 잡아서 화를 내고.

벤볼리오 그게 어때서?

머큐쇼 자네 같은 사람이 둘만 있으면 머지않아 서로를 죽일걸. 자네는 상대가 자네보다 턱수염이 한 올 더 많다는 이유로 혹은 적다는 이유로 싸울 테니까. 자기 눈 색깔이랑 똑같은 개암나무 열매를 까먹는 사람에게도 시비를 걸 테지. 그런 이유로 싸움을 거는 건 자네 같은 사람뿐이야. 달걀이 노른자로 가득 차 있는 것처럼 자네 머릿속엔 싸움 생각뿐이야. 싸움을 너무 많이 해서 머릿속이 꼭 스크램블드에그 같다니까. 길에서 기침하는 바람에 낮잠 자는 자네 개를 깨웠다고 시비를 걸어서 싸운 적도 있었지? 양복장이하고는 부활절이 되기도 전에 새 옷을 입었다고 시비 걸어서 싸우고. 다른 양복장이하고는 새 구두에 헌 끈을 끼웠다고 싸우고. 그런 주제에 나한테는 싸움을 피하라고 하는 건가?

벤볼리오 내가 정말 자네처럼 툭하면 남들한테 시비를 건다고 해 보자. 그랬다간 한 시간 십오 분도 못 버티고 저세상 사람이 되지 않을까?

머큐쇼 허허, 참나.

티볼트, 페트루키오 등 캐풀렛 쪽 사람들 등장.

벤볼리오 맙소사, 저기 진짜 캐풀렛 놈들이 오는군.

머큐쇼 올 테면 오라지.

티볼트 다들 바짝 붙어서 따라와. 말은 내가 할 테니까. 안녕하신가. 둘 중 한 분하고만 잠깐 이야기 좀 합시다.

머큐쇼 우리 중 한 명하고만 말하겠다고? 말을 끝까지 하시지 그러시나. 한마디 한 다음에 한 대 치겠다고.

티볼트 그거야 준비되어 있지. 기회만 준다면.

머큐쇼 내가 기회를 주기 전에 그쪽에서 먼저 만들어 볼 생각은 없고?

티볼트 머큐쇼, 자네는 로미오와 같이 노는 친구지?

머큐쇼 같이 놀아? 우리가 떠돌이 악단이라도 되는 줄 아나? 우리가 떠돌이 악단이라면 네놈 귀에 들리는 건 소음뿐일 거다. 이게 내 활이거든, 네놈이 춤 좀 추게 내가 이걸 써 줄까? 망할, 같이 논다니!

벤볼리오 여긴 사람들이 많이 지나다니는 곳이야. 조용한 곳으로 가서 너희들의 불만을 이성적으로 따져 보자. 그럴 생각이 아니라면 그냥 가든지. 여긴 보는 눈이 많아.

머큐쇼 눈은 보라고 달린 거야. 보게 내버려둬. 내가 누구 좋으라고 물러난단 말이야.

로미오 등장.

티볼트 머큐쇼, 자네와는 그만하겠네. 내가 찾는 놈이 마침 나타났으니.

머큐쇼 찾긴 뭘 찾아. 로미오는 네 집 하인이 아니야. 들판으로 나가 결투라도 벌여야 네가 찾던 놈이라고 말할 수 있겠지.

티볼트 로미오, 내가 널 부를 이름은 딱 하나뿐이야. 넌 악당이다!

로미오 티볼트, 나한텐 자네를 좋아해야 할 이유가 있어. 그러니 모욕적인 말에 화가 나도 참겠네. 난 악당이 아니야. 잘 가게. 자네는 나에 대해 전혀 모르는 것 같군.

티볼트 애송이, 그렇다고 네가 나한테 준 모욕이 사라질 것 같으냐? 돌아와 칼을 뽑아라.

로미오 난 자네를 모욕한 적이 없어. 오히려 난 자네가 생각하는 것보다 훨씬 더 자네를 좋아한다네. 자네도 그 이유를 알게 될 거야. 나에게 내 이름만큼이나 소중한 캐풀렛, 그러니 그만해 주게.

머큐쇼 이렇게 순순히 굴복하다니 불명예스러운 일이다! 도저히 용납할 수 없다. (칼을 뽑는다.) 티볼트, 이 쥐새끼 같은 놈, 싸우자!

티볼트 원하는 게 뭐냐?

머큐쇼 넌 고양이 왕 티버트다. 내가 원하는 건 네 아홉 개의 목숨 중 하나지. 네가 어떻게 하는지 보고 나머지 여덟 개도 가져갈지 말지 결정하겠다. 칼집에서 칼을 빼라. 서두르는 게 좋을걸. 네가 칼을 뽑기도 전에 이 칼로 네놈의 귀를 쳐 버릴 테니까.

티볼트 그래, 싸우자. (칼을 뽑는다.)

로미오 머큐쇼, 제발 칼을 치워.

머큐쇼 와라, 네놈 앞찌르기 구경 좀 하자. (싸운다.)

로미오 벤볼리오, 빨리 칼을 뽑아서 저들의 칼을 쳐서 떨어뜨려.

(로미오도 칼을 뽑는다.) 이봐들, 이건 수치스러운 일이야! 티볼트, 머큐쇼, 영주님이 베로나 거리에서 싸움을 금지시킨 걸 잊었나? 그만둬, 티볼트, 머큐쇼!

(로미오가 싸움을 말리려고 한다. 티볼트가 머큐쇼를 찌른다.)

페트루키오 도망치자, 티볼트!

(티볼트, 페트루키오, 그 일행이 도망친다.)

머큐쇼 칼에 찔렸어. 망할 놈의 두 집구석. 난 끝났어! 놈은 상처 하나 없이 달아난 거야?

벤볼리오 뭐, 자네 찔렸어?

머큐쇼 그래, 그냥 긁힌 건데 그래도 꽤 깊어. 내 하인은 어디 있어? 가서 의사를 불러와.

(하인 퇴장.)

로미오 힘내, 친구. 상처는 괜찮을 거야.

머큐쇼 상처가 우물처럼 깊거나 성당 문처럼 넓지는 않지만 그래도 꽤 커. 내일 날 찾아봐. 무덤 속에 들어가 있을 테니. 이승하고는 이걸로 작별이구나. 빌어먹을 두 집구석! 그 개, 쥐, 고양이 같은 놈이 낸 상처 때문에 죽다니! 고작 책에서 배운 대로 싸우는 허풍쟁이, 불한당 같은 놈한테 당하다니! 대체 넌 왜 껴든 거야? 놈이 네 팔 밑으로 날 찔렀다고!

로미오 말려야 한다고 생각했어.

머큐쇼 벤볼리오, 정신을 잃을 것 같아. 근처 아무 집으로나 날 좀 데려가 줘. 두 집안 모두 전염병에나 걸려 뒈져 버려라! 두 가문이 날 구더기 밥으로 만들었어. 난 끝이야. 두 집안을 저주한다!

(로미오 빼고 퇴장.)

로미오 영주님의 친척이자 내 친구인 머큐쇼가 나를 모욕한 티볼트와 나 대신 싸우다가 치명상을 입었다. 한 시간 전에 내 친척이 된 티볼트이건만! 아, 사랑하는 줄리엣, 당신의 아름다움이 나를 나약하게 만들고 강철 같은 용맹함도 지워 버렸소.

벤볼리오 등장.

벤볼리오 아, 로미오, 로미오, 용감한 머큐쇼가 죽었네. 그의 영혼이 하늘로 떠났네. 너무 일찍 떠나 버렸어.

로미오 오늘 이 끔찍한 사건이 미래를 영영 바꿔 버렸어. 재앙은 이제 시작일 뿐, 더 큰 재앙이 닥칠 거야.

티볼트 등장.

벤볼리오 성난 티볼트가 돌아오는구나.

로미오 머큐쇼는 죽어 버렸는데, 저자는 저렇게 멀쩡하게 살아서 의기양양하게 돌아다니다니. 이제부터는 자비와 배려는 잊고 분노가 이끄는 대로 할 거야. 티볼트, 아까 날 '악당'이라고 부른 걸 취소해라. 머큐쇼의 영혼이 그리 멀지 않은 저 위에 떠 있다.

저승에 같이 가자고 널 기다리고 있다고. 너 아니면 나, 아니면 둘 다 같이 가는 거다.

티볼트 애송이 같으니. 네놈은 그놈과 이승에서 같이 어울려 놀았으니 저승도 같이 가게 해 주마.

로미오 그게 누가 될지는 이 싸움으로 결정 날 것이다.

(둘이 싸운다. 티볼트가 쓰러진다.)

벤볼리오 어서 가, 로미오! 사람들이 몰려든다. 티볼트는 죽었어. 그렇게 멍청하게 서 있지 말고! 잡히면 영주가 분명 사형을 선고할 거다. 빨리 여기서 피해!

로미오 아, 운명이 나를 가지고 놀았구나.

벤볼리오 왜 그러고 서 있어?

(로미오 퇴장.)

시민들 등장.

시민 머큐쇼를 죽인 자는 어디로 갔소? 살인자 티볼트는 어디로 도망친 거요?

벤볼리오 티볼트는 저기 누워 있네.

시민 (티볼트에게) 일어나시오, 같이 가 줘야겠소. 영주님의 이름으로 너를 체포한다.

영주와 몬태규, 캐풀렛, 그들의 두 부인과 시민들 등장.

영주 이 싸움을 시작한 악당들은 어디 있느냐?

벤볼리오 오, 고귀하신 영주님, 죽음으로 끝나 버린 이 끔찍한 싸움의 자초지종을 말씀드리겠습니다. 저기 쓰러진 자는 로미오가 죽였습니다. 이자는 영주님의 친척인 용감한 머큐쇼를 죽였어요.

캐풀렛 부인 내 조카 티볼트! 오빠의 아들! 오 영주님! 오 여보! 우리 집안 사람이 죽었어요! 공정하신 영주님, 우리 집안이 흘린 피를 몬태규 가문도 흘리게 해 주세요. 오, 조카여!

영주 벤볼리오, 싸움을 시작한 게 누구냐?

벤볼리오 로미오에게 죽은 티볼트입니다. 로미오는 이 싸움이 터무니없고, 만약 싸움이 일어난 걸 영주님께서 아시면 언짢아하실 거라고 점잖은 목소리로 티볼트에게 사정했습니다. 무릎까지 꿇고 아주 침착하고 부드러운 목소리로 말했지만 티볼트의 마음을 돌리진 못했습니다. 티볼트는 분노에 가득 차서 화해의 말에는 귀 기울이지 않았지요. 티볼트와 머큐쇼가 싸우기 시작했고, 칼로 서로를 공격했습니다. 로미오가 "그만두게, 친구들! 그만둬!"라고 소리치며 두 사람 사이에 끼어들어 칼을 쳐 내려고 했습니다. 하지만 티볼트가 로미오의 팔 아래로 머큐쇼의 심장을 찌른 후 달아났습니다. 곧바로 티볼트가 돌아왔고, 로미오는 머큐쇼를 죽인 그에게 복수하고 싶은 마음으로 가득했습니다. 둘은 번개처럼 맞붙어 싸웠어요. 제가 말릴 겨를도 없이 티볼트가 목숨을 잃었습니다. 로미오는 티볼트가 쓰러지자마자 자리를 피했습니다. 제 목숨을 걸고 맹세하건대, 이 모든 것이 한 치의 거짓도 없는 진실입니다.

캐풀렛 부인 저자는 몬태규 가문 사람입니다. 편을 드는 게 당연하니 저자의 말은 사실이 아닙니다. 스무 명의 몬태규가 달려들어 한 명을 죽인 거예요. 영주님, 제발 공정하게 판결해 주세요. 로미오는 티볼트를 죽였으니 로미오도 죽어야 마땅합니다.

영주 머큐쇼를 죽인 티볼트를 로미오가 죽인 것이군. 그렇다면 머큐쇼의 소중한 목숨에 대한 대가는 누가 치러야 하는가?

몬태규 로미오는 아닙니다, 영주님. 로미오는 머큐쇼의 친구였습니다. 로미오가 티볼트를 죽인 것은 법적으로도 정의로운 일입니다.

영주 그 죄로 로미오를 베로나에서 당장 추방하겠네. 두 가문의 어리석은 싸움에 휘말려 나도 소중한 피붙이 머큐쇼를 잃었어. 이런 일이 생기게 한 것을 후회할 만큼 무거운 벌금형을 내리겠다. 탄원도 변명도 듣지 않겠다. 울고불고 빌어도 절대로 피할 수 없을 것이니 헛수고하지 말도록. 로미오를 당장 추방하라. 이 시간 이후로 눈에 띈다면 죽음을 면치 못할 것이다. 시체를 치우고 내 지시에 따라라. 자비를 베풀어 살인자를 용서하면 살인을 조장하는 것이다.

(모두 퇴장. 캐풀렛 가문 사람들이 티볼트의 시체를 가져간다.)

· 제2장 ·

줄리엣 등장.

줄리엣 태양 마차를 끄는 불붙은 말굽이 달린 말들아, 태양신 포이보스가 잠드는 곳으로 더 빨리 달리렴. 파에톤*이 채찍을 마구 휘둘렀다면 너희가 빠르게 태양을 서쪽으로 옮겨 밤이 벌써 왔을 텐데…. 빨리 밤이 되었으면. 로미오가 아무도 모르게 몰래 내 품으로 뛰어들 수 있도록. 캄캄한 밤에도 연인들은 그들의 아름다움을 등불 삼아 서로를 볼 수 있고 사랑을 나눌 수 있지. 사랑이 눈먼 것이라면 밤만큼 사랑에 어울리는 것도 없을 거야. 검은 옷을 입은 밤이여, 빨리 와서 순결한 남녀가 처음 몸을 나누고 사랑을 얻는 방법을 가르쳐 주세요. 어서 오셔서 뺨을 붉게 물들이는 이 피를 가려 주세요. 제 수줍은 사랑이 대담해져서 사랑을 나누는 행위를 당연하게 여기도록요. 밤이여, 얼른 오세요. 로미오, 당신은 한밤중에 찾아오는 한낮과 같아요. 밤의 날개에 누운 당신은 까마귀 날개에 내린 눈보다 더 하얗게 빛나요. 사랑스러운 밤이여, 어서 오세요. 빨리 저의 로미오를 보내 주세요. 그가 죽으면 그를 데려가 별로 만들어 주세요. 그러면

---

* 파에톤: 태양신의 아들로, 아버지의 전차를 몰고 하늘의 궤도를 벗어나 달리다가 태양의 불로 지상을 불태웠기 때문에 제우스가 벼락을 쳐서 죽였다.

밤하늘이 정말로 아름답게 빛나서 온 세상이 밤을 사랑하게 되고, 태양은 거들떠보지도 않을 거예요. 아, 나는 사랑의 집을 샀지만 아직 살아 보진 못했구나. 나는 로미오의 것이지만 그는 나를 아직 가지지 못했구나. 오늘은 낮이 너무나 길어. 새 옷을 입게 될 순간만을 기다리는 축제 전날의 어린아이 같구나.

유모가 줄사다리를 들고 등장.

유모가 온다. 무슨 소식을 듣고 왔을 거야. 누구 입으로 듣던 로미오의 이름은 너무나 달콤해. 유모, 무슨 소식을 갖고 왔어? 그게 로미오가 말한 줄사다리야?

유모 네, 그 줄사다리예요. (줄사다리를 바닥에 떨어뜨린다.)

줄리엣 무슨 소식인데? 왜 그렇게 두 손을 꽉 쥐고 있는 거야?

유모 이럴 수가. 그분이 돌아가셨어요, 돌아가셨다고요! 우린 끝났어요, 아가씨. 그분이 죽었어요. 죽었다고요!

줄리엣 설마 하늘이 그렇게 무정할까?

유모 하늘이 아니라 로미오 님이 그런 거예요. 아, 로미오, 로미오! 누가 생각이나 했을까? 로미오!

줄리엣 유모, 왜 악마처럼 날 고문하는 거야? 그런 고문은 지옥에나 어울려. 로미오가 스스로 목숨을 끊었다고? 유모가 '예.'라고 하는 순간, 그 한마디가 코카트리스보다 더 치명적인 독으로 날 찌를 거야. 로미오가 죽었다고 말하면 난 더 이상 내가 아니고, '예.'라고 대답한 유모의 눈도 감기게 될 거야. 로미오가 죽었다면 '예.'라고 하고, 죽지 않았다면 '아니오.'라고 해. 그 한마디가 내 기쁨과 슬픔을 결정할 거야.

유모 상처를 봤어요. 두 눈으로 똑똑히 봤다니까요. 하느님, 맙소사! 그 남자다운 가슴에 난 상처를! 그 불쌍한 시체를 봤어요. 잿빛처럼 창백한 피투성이의 시체를. 피가 말라서 엉겨 있었어요. 전 그 시체를 보고 기절했다니까요.

줄리엣 아아, 가슴이 찢어지는 것 같아. 이 두 눈이 감옥에 갇혀서 다시는 자유롭게 세상을 보지 못했으면. 이내 몸을 땅에 묻고 움직이지 않을 거야. 로미오와 한 관에 묻히겠어.

유모 아, 티볼트 님, 티볼트 님! 내 가장 좋은 친구였는데! 예의 바르고 명예로운 신사였는데…. 내가 너무 오래 살아 당신이 죽는 걸 보다니.

줄리엣 그게 대체 무슨 소리야? 로미오가 죽었고 티볼트 오빠도 죽었다고? 내 사랑하는 사촌 티볼트와 더 사랑하는 남편 로미오가 죽었다고? 나팔을 불어라, 세상의 종말을 알려라! 이 둘이 죽었으니 누가 살아남을 수 있을까?

유모 티볼트 님은 죽었고, 로미오는 추방됐어요. 로미오가 티볼트 님을 죽인 죄로 추방되었다고요.

줄리엣 하느님, 맙소사! 티볼트의 피를 손에 묻힌 게 로미오라고?

유모 그래요. 슬프지만 모든 게 사실이에요.

줄리엣 꽃 같은 얼굴 뒤에 독사의 얼굴을 숨기고 있었다니! 그렇게 아름다운 동굴에 용이 숨어 있었던 건가? 아름다운 폭군, 천사 같은 악마! 비둘기의 깃털을 단 까마귀! 늑대처럼 사냥하는 양! 그 아름다운 겉모습으로 증오를 감추고 있었구나. 겉모습과는 정반대의 사람이었어. 저주받아야 할 성자! 명예로운 악당! 아아, 자연이여, 지옥에서 뭘 하신 건가요? 어찌해서 그렇게 아름다운 육체에 악마의 영혼이 깃들게 하셨나요? 그렇게 표지가 아름다운 책에 그렇게 끔찍한 내용이 담겨 있다니…. 그렇게나 아름다운 궁전에 그런 사악함이 숨어 있다니!

유모 남자들에게는 믿음도 신뢰도 정직함도 없어요. 하나같이 거짓말이나 하고 믿음을 배신하죠. 모두가 사악해요. 아, 하인은 어디 갔지? 술을 좀 가져와. 이런 슬픔과 불행 때문에 내가 늙는다니까. 빌어먹을 로미오 놈!

줄리엣 그런 악담을 퍼붓는 유모의 혀가 부끄러운 줄 알아. 로미오는 그런 말을 들을 사람이 아니야. 그의 이마는 수치심조차 내려앉기 부끄러워하고, 이 세상의 하나뿐인 왕을 위한 왕좌가 있는 곳이야. 아, 잠시나마 그분을 욕하다니 내가 미쳤어!

유모 지금 아가씨의 사촌 오빠를 죽인 사람을 편드는 거예요?

줄리엣 그럼 내 남편을 욕할 수 있어? 아, 가엾은 내 남편. 세 시간 전에 당신의 아내가 된 나도 이렇게 당신을 욕하는데, 누가 당신 편을 들어 줄까요? 하지만 나쁜 사람, 왜 내 사촌 오빠를 죽였어요? 그러지 않았다면 오빠가 당신을 죽였을 테니 그런 거겠지요. 난 울지 않을 거야. 로미오가 살아 있으니 기쁨의 눈물을 흘리고, 티볼트가 죽었으니 슬픔의 눈물을 흘려야겠지. 티볼트가 죽이려던 내 남편은 살아 있고 내 남편을 죽이려던 티볼트는 죽었어. 그러니 잘된 일이잖아. 왜 울어야 하지? 티볼트가 죽은 것보다 더 끔찍한 사실이 있잖아. 나를 죽고 싶게 만드는 사실, 잊어버리고 싶지만 죄인의 머릿속에서 죄가 사라지지 않듯이 내 기억에 들러붙은 그 사실. "티볼트는 죽었고, 로미오는 추방되었다." 추방이라는 말 한마디가 티볼트가 만 명 죽었다는 말보다 끔찍한걸. 티볼트가 죽었다는 소식만으로도 충분히 슬프지만 슬픔은 꼭 다른 슬픔과 함께 오는 법이지. 티볼트가 죽었다는 소식과 함께 들려온 소식이 어머니나 아버지, 혹은 두 분이 다 돌아가셨다는 소식이었다면 차라리 더 나았을 것 같아. 그랬다면 평범하게 슬퍼할 수 있었을 거야. 그런데 티볼트의 죽음과 함께 들려온 소식이 '로미오는 추방되었다.'라는 소식이라니. 그건 아버지와 어머니, 티볼트, 로미오, 줄리엣이 모두 죽었다는 말과 다름 없어. '로미오는 추방되었다.' 이 말에 담긴 슬픔은 헤아릴 수도 없어. 슬픔을 말로 표현할 수가 없어. 유모, 아버지와 어머니는 어디 계셔?

유모 티볼트 님의 시체를 잡고 울고 계세요. 아가씨도 가 보시겠어요? 같이 가요.

줄리엣 눈물로 오빠의 상처를 씻고 계시는구나. 부모님의 눈물이 마르면 그때 추방된 로미오를 위해 눈물을 흘려야지. 유모, 줄사다리를 가져가.

(유모가 줄사다리를 집어든다.)

로미오가 추방되었으니 이 줄사다리도 나처럼 쓸모가 없어졌구나. 난 처녀인 채로, 과부인 채로 죽을 거야. 나랑 같이 가자, 줄사다리야. 유모, 난 신방으로 갈 거야. 로미오가 아닌 죽음에게 순결을 바치겠어.

유모 아가씨, 방에 가 계세요. 제가 로미오를 찾아서 아가씨를 기쁘게 해 드릴게요. 어디 있는지 제가 알아요. 로미오 님은 오늘 밤 이곳에 오실 거예요. 제가 모셔 올게요. 로렌스 신부님의 방에 있을 거예요.

줄리엣 (유모에게 반지를 준다.) 그래, 꼭 찾아 줘! 찾아서 이 반지를 주고 꼭 와서 마지막 작별 인사를 해 달라고 전해 줘.

(모두 퇴장.)

· 제3장 ·

로렌스 신부 등장.

로렌스 신부 로미오, 이리 나오거라. 겁에 질려 있구나. 재앙이 너에게 매혹되었으니 넌 재앙과 혼인했구나.

로미오 등장.

로미오 신부님, 무슨 소식입니까? 영주님이 어떤 판결을 내리셨나요? 아직 제가 모르는 어떤 슬픔이 기다리고 있나요?

로렌스 신부 자넨 슬픔을 너무 잘 알고 있어. 영주님의 판결을 알아 왔네.

로미오 분명 사형이겠지요.

로렌스 신부 그보다 너그러운 판결을 내리셨네. 사형이 아니라 추방이야.

로미오 추방이라고요? 부디 자비를 베푸셔서 '사형'이라고 말씀해 주세요. 추방은 사형보다 끔찍하니, 제발 '추방'이라고 하지 마세요.

로렌스 신부 자넨 베로나에서 추방되었어. 세상은 넓고도 넓으니 견딜 수 있을 걸세.

로미오 저에게 베로나 밖의 세상은 고통과 지옥만 있을 뿐입니다. 그러니 베로나에서 추방되는 것은 곧 이 세상에서 추방되는 것이고, 이 세상에서 추방되는 것은 죽음을 뜻하지요. 추방은 사형의 다른 이름일 뿐, 추방은 금도끼로 제 목을 치고 죽어가는 절 보면서 웃는 것이나 마찬가지입니다.

로렌스 신부 이런 감사할 줄 모르는 배은망덕한 녀석을 봤나! 자네의 죄는 사형으로 다스려야 마땅하지만 영주님께서 자비를 베풀어 자네 편을 들어 주지 않으셨나. 법을 잠시 옆으로 제쳐두고 사형 대신 추방이라는 벌을 내리셨어. 자비를 베풀어 주신 게 자네 눈에는 보이지 않나?

로미오 자비가 아니라 고문입니다. 천국은 줄리엣이 사는 이곳 베로나예요. 개, 고양이, 생쥐 같은 하찮은 동물들도 이 천국 베로나에 살면서 줄리엣을 볼 수 있는데, 저는 그녀를 못 봅니다. 썩은 고기를 먹는 파리가 저보다 축복받았고 저보다 더 사랑에 가깝겠네요. 줄리엣의 하얀 손에 앉을 수 있고, 닿는 것조차 죄라고 느껴지는 그녀의 순결하고 달콤한 입술에서 키스를 훔칠 수도 있으니까요. 그런데 저는 그녀의 손에 닿을 수도 입을 맞출 수도 없습니다. 파리는 그녀에게 키스할 수 있는데, 저는 도망치듯 이곳을 떠나야 합니다. 파리는 자유로운데 저는 추방되었다고요. 이래도 추방이 죽음이 아니라고 생각하시나요? 독약이나 날카로운 칼 같은 무기로 저를 단번에 죽이시지, 왜 추방이라는 말로 죽이십니까? 아 신부님, 추방은 지옥에 떨어진 영혼들이 울부짖는 소리입니다. 신부님은 성직자이시고 참회의 말을 들어 주시고 제 친구이면서 어떻게 '추방'이라는 말로 저를 난도질하실 수 있습니까?

로렌스 신부 이 어리석고 정신 나간 친구야, 내 말을 들어 보게.

로미오 또 추방 얘기를 하시려고요.

로렌스 신부 그 말을 물리칠 갑옷을 너에게 주마. 어려움을 달콤한 우유로 만드는 철학이지. 비록 추방당할지라도 위안을 줄 거야.

로미오 또 '추방'이라는 말을 하시는군요. 철학 따윈 필요 없어요! 줄리엣을 만들어 낼 수도 없고 도시를 옮길 수도 없고 영주의 판결을 취소할 수도 없는 철학이 다 무슨 소용이란 말인가요. 더는 말씀하지 마세요.

로렌스 신부 미치광이에겐 귀가 없구나.

로미오 지혜로운 자도 보지 못하는데 미치광이가 어찌 듣겠습니까.

로렌스 신부 자네 상황에 대해서 얘기해 보세.

로미오 직접 겪지 않은 일에 대해 어떻게 아시겠습니까. 신부님도 저처럼 젊고 줄리엣을 사랑하고 그녀와 결혼한 지 한 시간 만에 티볼트를 죽이셨나요? 저처럼 그녀를 미친 듯 사랑하고 저처럼 베로나에서 추방당하셨나요? 그랬다면 신부님도 저처럼 머리를 쥐어뜯고, (바닥에 드러눕는다.) 지금 저처럼 파지도 않은 무덤의 치수를 재고 계시겠죠.

(문 두드리는 소리.)

로렌스 신부 일어나. 누가 문을 두드린다. 로미오, 가서 숨게!

로미오 싫습니다. 이 비통한 한숨이 안개처럼 저를 숨겨 준다면 모르겠지만.

(문 두드리는 소리.)

로렌스 신부 계속 두드리잖아! 누구십니까? 로미오, 얼른 일어나. 그러다간 붙잡힌다. 잠시만 기다리세요. 얼른 일어나!

(문 두드리는 소리.)

얼른 내 서재로 가거라. 곧 갑니다! 하느님, 맙소사. 왜 그렇게 어리석게 구는 거냐? 갑니다, 가요.

(문 두드리는 소리.)

누구신데 그렇게 쾅쾅 두드리시오? 무슨 일입니까?

유모 (무대 밖에서) 들여보내 주시면 무슨 일인지 말씀드릴게요. 저는 줄리엣 아가씨가 보내서 왔어요.

로렌스 신부 (유모를 들여보내며) 들어오시지요.

유모 등장.

유모 아, 신부님, 말씀해 주세요. 우리 아가씨의 신랑은 어디 계시죠? 로미오 님은 어디 계신가요?

로렌스 신부 제 눈물에 취해 저기 바닥에 누워 있다네.

유모 우리 아가씨랑 똑같군요. 안타깝게도 꼭 닮았네요! 우리 아가씨도 저렇게 누워 울고불고 난리랍니다. 일어나세요, 로미오 님. 남자라면 일어나세요. 아가씨를 위해서라도 일어나시라고요. 왜 그렇게 비탄에 빠져 계시나요?

로미오 유모.

유모 사람은 누구나 죽어요.

로미오 (일어난다.) 줄리엣 얘기를 하고 있었죠? 줄리엣은 어떻게 하고 있어요? 분명 나를 냉혹한 살인자라고 생각하고 있겠지요. 이제 막 피어난 우리의 행복을 내가 그녀의 친척의 피로 망쳐 놓았으니…. 줄리엣은 어디 있나요? 어떻게 하고 있나요? 우리 사랑이 망가진 것에 대해 내 비밀 아내는 뭐라고 말하나요?

유모 아무 말도 없이 울고만 있지요. 침대에 쓰러졌다가 벌떡 일어나 티볼트를 불렀다가 로미오를 부르고 다시 쓰러져요.

로미오 저주받은 그 이름이 친척을 죽인 것처럼 이번에는 그녀에게로 향해 그녀를 죽였군요. 신부님, 사악한 그 이름이 제 몸 어느 곳에 새겨져 있는 겁니까? 찢어 내 버리겠어요. (로미오가 단검을 꺼낸다.)

로렌스 신부 그만둬! 네가 사내냐? 생긴 것은 사내지만 눈물은 계집아이의 눈물이구나. 무모하게 날뛰는 모습은 앞뒤 분간 못 하는 짐승과 다를 바 없어. 사내의 모습을 한 계집, 아니 절반은 인간이요, 절반은 짐승인 흉측한 모습이다. 놀랐어. 더 강하고 믿음직할 줄 알았는데…. 티볼트를 죽이고 이젠 스스로 죽겠다고? 스스로 목숨을 저버리면 아내까지 죽이는 죄를 저지르는 거야. 왜 자네의 출생과 삶, 천국에 대해 불만을 퍼붓는가? 출생이라는 기적으로 영혼과 육체가 결합한 것이 생명이거늘, 왜 그걸 내던지려고 하는가. 자넨 육체와 사랑, 정신을 모독하는 거야. 많은 축복이 주어졌건만, 돈만 모을 줄 알지 쓸 줄 모르는 구두쇠처럼 쓰질 않아. 명예가 없다면 육체는 그저 밀랍 인형일 뿐이야. 자네가 약속한 사랑도 알맹이 없는 거짓이 되는 거야. 소중히 여기겠다고 맹세한 사랑을 스스로 죽이고 있으니까. 육체와 사랑을 도와야 할 정신이 제 역할을 다하지 못했구나. 자네는 부주의함으로 화약이 폭발해 버린 어리석은 병사와 다름없다. 자신을 지키기 위해 써야 할 것들이 되려 자신을 죽이게 되는 거야. 일어나라! 줄리엣은 살아 있으니 기쁜 일 아닌가. 티볼트는 자네를 죽이려 했지만 자네가 티볼트를 죽였으니 그것도 잘된 일이지. 사형 대신 추방으로 처벌이 약해진 것도 기뻐할 일이야. 자네 인생에는 이렇듯 행운이 가득하지 않나. 자네는 그 누구보다 운이 좋아. 그런데도 버릇없는 계집애처럼 입을 삐쭉 내밀고, 자신의 운과 사랑에 대해 불평이나 해대고 있으니…. 잘 듣게. 그런 사람들은 비참하게 죽는다네. 원래 계획대로 사랑하는 줄리엣에게 가게. 그녀의 방으로 올라가 위로해 주게. 순찰이 시작되기 전에 빠져나와서 만토바로 떠나야 해. 자네가 만토바에서 지내는 동안 내가 기회를 봐서 두 사람의 결혼을 발표하고 두 가문을 화해시키고 영주님께 사면을 부탁하겠네. 비록 울면서 베로나를 떠나겠지만 돌아올 때는 수만 배의 기쁨을 안고 돌아올 수 있을 걸세. 유모, 가서 아가씨에게 소식을 전하게. 가문 식구들이 일찍 잠자리에 들게 하라고 전하게. 어차피 다들 슬픔에 잠겨서 일찍 잠자리에 들겠지만 말이야. 밤에 로미오가 갈 거네.

유모 아, 이렇게 좋은 말씀이라면 밤새 듣고 싶네요. 정말 좋은 말씀이었어요! 로미오 님, 아가씨에게 오신다고 전할게요.

로미오 그러세요. 날 꾸짖을 준비도 하라고 전하세요.

유모 받으세요. 아가씨가 전해 달라고 하신 반지예요. (로미오에게 반지를 준다.) 서두르세요. 벌써 늦었네요.

(유모 퇴장.)

로미오 이 반지를 보니 힘이 나는구나!

로렌스 신부 어서 가게. 잘 가게. 순찰대가 순찰을 돌기 전에 베로나를 떠나거나 해가 뜬 후에 변장을 하고 떠나야 해. 이게 무 엇보다 중요하니까 꼭 그대로 해야 하네. 만토바에서 지내고 있 으면 내가 자네 하인을 통해 이곳 소식을 전해 줄 거야. 손을 이 리 주게. 늦었네. 잘 가게. 좋은 밤이 되길.

로미오 저는 지금 그 무엇보다 큰 기쁨을 맛보러 떠나지만 이렇 게 빨리 신부님과 헤어져서 슬프네요. 안녕히 계세요.

(모두 퇴장.)

· 제4장 ·

캐풀렛과 그의 부인과 파리스 백작 등장.

캐풀렛 갑작스러운 우환이 생겨 줄리엣에게 결혼 얘기를 할 틈 이 없었네. 딸은 티볼트를 무척 좋아했거든, 나도 마찬가지고. 사 람은 누구나 죽지만 말일세. 시간이 너무 늦어서 딸은 내려오지 않을걸세. 자네가 오지 않았으면 나도 한 시간 전에 잠자리에 들 었을 거야.

파리스 이렇게 힘든 시기에 청혼을 할 수는 없지요. 부인, 안녕 히 주무십시오. 따님께 안부 전해 주시고요.

캐풀렛 부인 그러지요. 내일 아침 일찍 결혼에 대한 생각을 물어 보지요. 지금은 슬픔에 잠겨 있으니까요.

캐퓰렛 파리스 백작, 내 딸의 사랑을 얻을 수 있을 걸세. 그 애는 분명 내 뜻을 따를 거야. 부인, 잠자리에 들기 전에 줄리엣에게 가서 백작의 사랑을 전하도록 해요. 듣고 있소? 그리고 수요일에… 오늘이 무슨 요일이더라?

파리스 월요일입니다.

캐퓰렛 월요일이라. 하하! 그럼 수요일은 너무 급하군. 그럼 목요일로 하지. 목요일에 이 귀하신 백작님과 혼인할 거라고 전해요. 백작, 준비가 되겠나? 서둘러도 괜찮겠어? 가까운 친척들만 불러도 되고, 조촐하게 해도 된다네. 티볼트가 그렇게 된 지도 얼마 안 되었으니 너무 성대하게 결혼식을 열면 친척을 소홀히 여기는 것처럼 보일 테니까 말일세. 그러니 친척들 대여섯 명만 초대하지. 목요일 괜찮겠나?

파리스 내일이 목요일이면 좋겠습니다.

캐퓰렛 그럼 목요일로 하지. 잘 가게. (부인에게) 잠자리에 들기 전에 줄리엣 방에 들러서 결혼 날짜가 잡혔다고 전하세요. 잘 가게, 백작. 난 이만 잠자리에 들어야겠어. 아이고, 시간이 이렇게 늦었구나. 아니, 이르다고 해야 하나. 잘 가게.

(모두 퇴장.)

제5장

창문으로 로미오와 줄리엣 등장.

줄리엣 벌써 가시려고요? 동이 트려면 아직 한참 남았는데…. 걱정하지 마세요. 방금 들으신 소리는 종달새가 아니라 나이팅게일의 소리예요. 밤마다 나이팅게일이 저 석류나무 위에서 울거든요. 내 말 믿어요. 정말 나이팅게일 소리였어요.

로미오 나이팅게일이 아니라 종달새였어요. 아침을 예고하며 노래하는 새. 내 사랑, 저기 보세요. 동쪽 하늘에서 시샘 많은 빛줄기가 구름을 비추고 있잖아요. 밤이 끝나고 산꼭대기에서 아침이 다가오고 있어요. 살려면 가야 해요. 가지 않으면 죽어요.

줄리엣 저기 저 빛은 햇빛이 아니에요. 만토바로 가는 당신의 길을 비춰 줄 유성이에요. 그러니 조금만 더 계세요. 아직 가지 않으셔도 돼요.

로미오 잡혀도 좋고 죽어도 좋아요. 당신이 원하는 것이라면 난 뭐든지 좋아요. 저기 저 희미한 빛줄기는 아침의 눈이 아니라 달빛 아래 아르테미스의 이마에서 반사되는 희미한 빛줄기예요. 저 위에서 우는 새도 종달새가 아니고요. 나도 가기 싫고 여기 있고 싶어요. "죽음아, 오너라! 환영이다. 줄리엣의 말이 다 맞다." 어때요, 내 사랑? 얘기나 해요. 아침은 아직 오지 않았어요.

줄리엣 아침이에요. 얼른 가세요! 종달새가 음정도 맞지 않는 거친 소리를 내고 있네요. 종달새의 노랫소리는 밤이 낮으로 바뀌는 시간에 울려 퍼지는 달콤한 소리라고들 하던데, 전혀 달콤하지 않네요. 우릴 갈라놓는 소리니까. 종달새와 두꺼비가 눈을 맞바꿨다고 하죠. 둘이 목소리도 바꿨으면! 종달새 소리는 우리를 서로의 품에서 떼어 내는 소리니까요. 날이 밝으면 사람들이 당신을 잡으려 할 테고요. 아, 어서 가세요. 점점 더 밝아지네요.

로미오 날이 밝을수록 우리의 슬픔은 어두워지는군요.

유모 등장.

유모 아가씨.

줄리엣 왜, 유모?

유모 마님이 방으로 오실 거예요. 날이 밝았으니 조심하세요.

(유모 퇴장.)

줄리엣 이제 창문이 아침을 들여보내고 내 목숨을 밖으로 내보내는구나.

로미오 안녕, 잘 있어요. 한 번만 더 키스하고 내려갈게요. (키스하고 로미오가 내려간다.)

줄리엣 이렇게 가시는 건가요? 내 사랑, 내 남편, 내 친구! 매일 매시간 당신의 소식을 듣고 싶어요. 1분이 며칠처럼 느껴질 것 같아요. 아, 이런 식으로 셈하면 당신을 다시 만날 때는 나이를 몇 살이나 더 먹었을 거예요.

로미오 안녕히! 기회가 있을 때마다 내 사랑을 전할게요!

줄리엣 아, 우리가 다시 만날 수 있을까요?

로미오 당연하지요. 지금의 시련을 웃으며 이야기할 날이 올 거예요.

줄리엣 아, 전 왜 불길한 생각이 들까요. 그렇게 아래로 내려가는 모습이 무덤에 누운 시체처럼 보여요. 내 눈이 잘못된 건지, 당신 얼굴이 창백한 건지.

로미오 내 눈에도 당신 안색이 창백해 보여요. 슬픔이 우리의 피를 마시고 있나 봐요. 안녕.

(로미오 퇴장.)

줄리엣 운명의 여신이여, 당신은 변덕쟁이라지요. 그렇게 자주 변덕을 부리는 당신인데, 내 님에게는 어떻게 하실 건가요? 운명의 여신님, 제발 이번에는 변덕을 부리셔서 로미오를 빨리 베로나로 돌려보내 주세요.

캐풀렛 부인 얘야, 일어났니?

줄리엣 누구시지? 어머니시구나. 아직 안 주무신 걸까, 아니면 일찍 일어나신 걸까? 무슨 일로 오신 거지? (줄리엣이 내려온다.)

캐풀렛 부인 등장.

캐풀렛 부인 좀 어떠니, 줄리엣?

줄리엣 별로 좋지 않아요, 어머니.

캐풀렛 부인 언제까지 사촌의 죽음으로 울고 있을 거니? 네 눈물이 홍수를 이뤄 무덤이 떠내려 간다고 해도 그 애가 살아 돌아올 순 없잖니. 그러니 이제 그만 울거라. 적당히 슬퍼하는 것은 애정의 표시이지만 지나치게 슬퍼하면 분별력이 없어 보인단다.

줄리엣 그래도 슬퍼하며 울게 내버려두세요.

캐풀렛 부인 상실감은 크겠지만 그렇다고 티볼트가 살아 돌아오는 것은 아니잖니?

줄리엣 상실감이 커서 계속 울 수밖에 없는걸요.

캐풀렛 부인 울려거든 네 사촌이 죽었다는 사실에 울지 말고, 네 사촌을 죽인 악당이 아직 살아 있다는 사실에 울려무나.

줄리엣 악당이라니요, 어머니?

캐풀렛 부인 그 로미오라는 악당 말이다.

줄리엣 (방백) 그분은 악당하고는 거리가 멀어. (어머니에게) 하느님이 그분을 용서하시길! 저는 이미 온 마음으로 용서했어요. 하지만 제가 이리도 큰 상실감을 느끼는 것은 그 사람 때문이 아니에요.

캐풀렛 부인 그 살인자가 버젓이 살아 있기 때문이지.

줄리엣 그 사람이 제 손에 닿지 않는 곳에 살고 있어서예요. 사촌의 죽음을 오직 저만이 복수할 수 있었으면 좋겠어요.

캐풀렛 부인 복수할 테니 걱정하지 말고 그만 울거라. 내가 놈이 추방당한 만토바로 사람을 보내 독약을 먹여 티볼트의 곁으로 보낼 테니. 그럼 너도 만족할 거다.

줄리엣 전 로미오를 보기 전에는, 죽은 그를 보기 전에는 만족하지 못할 거예요. 그게 사촌 오빠의 가여운 죽음에 대한 제 솔직한 심정이랍니다. 어머니, 독약을 가지고 갈 사람을 구해 주신다면 제 손으로 직접 독약을 만들게요. 로미오가 먹자마자 잠들어 버릴 독약을요. 아, 그의 이름을 듣고도 그를 쫓아갈 수 없다니 너무 분해요. 아, 사촌에 대한 사랑을 가져가 그를 죽인 자에게 갚아 줄 수 있다면!

캐풀렛 부인 네가 독약을 구하거라. 그걸 가져갈 사람은 내가 구하마. 그나저나 줄리엣, 기쁜 소식이 있단다.

줄리엣 이럴 때 때맞춰 찾아온 기쁜 소식이라니 뭔가요? 얼른 말해 주세요.

캐풀렛 부인 네 아버지가 워낙 딸 사랑이 대단하시잖니. 아버지가 네 슬픔을 잊게 해 주려고 기쁜 날을 준비하셨단다. 너도 나도 생각지 못했던 일이기는 하다만.

줄리엣 그런데 무슨 일인데요?

캐풀렛 부인 이번 주 목요일 아침에 젊고 용감하고 고귀한 신사인 파리스 백작이 성 베드로 성당에서 너를 신부로 맞이할 거란다.

줄리엣 성 베드로 성당과 성 베드로 님에게 맹세코 전 그분의 신부가 되지 않겠어요! 갑자기 이렇게 서두르시니 혼란스러워요. 구애하러 오지도 않은 분과 어떻게 결혼하겠어요? 어머니,

제발 아버지에게 전 아직 결혼할 수 없다고 말씀드려 주세요. 결혼을 꼭 해야 한다면 파리스 백작하고 하느니, 차라리 그토록 증오하는 로미오와 하겠어요! 그거야말로 정말 놀라운 소식이 되겠죠!

캐퓰렛 부인 저기 아버지가 오시니 네가 직접 말씀드리거라. 아버지가 뭐라고 하시는지 보자.

캐퓰렛과 유모 등장.

캐퓰렛 해가 지면 이슬이 떨어지건만 내 조카가 죽으니 장대비가 쏟아지는구나. 좀 어떠냐, 줄리엣? 홍수라도 난 것 같구나. 아직도 울고 있는 게냐? 언제까지 울려고 그러느냐. 그 작은 몸에 배와 바다, 바람이 다 들어 있구나. 네 눈에는 바다처럼 눈물이 밀물과 썰물을 이루고, 네 몸은 눈물의 바다를 항해하는 배와 같고, 네 한숨은 바람이구나. 한숨과 눈물이 자꾸만 거세지고 있으니 네가 마음을 가라앉히지 않으면 폭풍우가 몰아쳐 네 몸이 배처럼 뒤집어질 게다. 부인, 우리의 결정은 알렸소?

캐퓰렛 부인 얘기했지요. 감사하지만 사양하겠다고 합니다. 이런 바보 같은 아이는 제 무덤과 결혼하는 게 낫겠어요.

캐퓰렛 그게 무슨 소리요, 부인? 사양한다니? 고마워하지 않고? 이 결혼을 영광으로 여기지 않고? 부족함 많은 저한테 과분한 신랑을 데려왔더니, 얼마나 복 받은 일인지도 모른단 말이냐?

줄리엣 영광으로 생각하지는 않지만 절 위해 애써 주셔서 감사드려요. 제가 싫어하는 것을 영광으로 여길 순 없어요. 그래도 사랑으로 해 주신 일이니 감사하게는 생각할게요.

캐퓰렛 도대체 이게 무슨 소리야? 정신이 나간 게냐? 영광이니 감사하다느니 영광스럽지 않다느니 사양하겠다느니 이게 다 무슨 소리냐? 건방진 녀석! 전혀 감사하게 생각하지 않고 영광으로 여기지도 않다니…. 시끄럽고, 목요일에 성 베드로 성당으로 가서 파리스 백작하고 결혼할 준비나 하고 있거라. 싫다면 질질 끌고서라도 데려갈 테니. 버르장머리 없는 것! 송장처럼 시퍼런 얼굴을 하고선!

캐퓰렛 부인 맙소사! 너 왜 그러니? 정신이 나간 게야?

줄리엣 (무릎 꿇으며) 아버지, 이렇게 무릎 꿇고 빌게요. 제발 한 마디만 들어 주세요.

캐퓰릿 목이나 매어라, 이 아무짝에도 쓸모없는 것! 아비 말도 안 듣는 막돼먹은 것! 잘 들어라. 목요일에 성당으로 가든지 아니면 앞으로 두 번 다시 내 눈앞에 나타나지 말거라. 입 다물어. 대꾸하지 마라. 한 대 치고 싶어 손이 근질근질하구나. 부인, 하느님께서 이 아이 하나만 주셨을 때는 복인 줄 알았는데, 지금 보니 하나도 너무 많구려. 이 애는 복이 아니라 저주야. 아무짝에도 쓸모없는 것!

유모 하느님께서 아가씨를 보살펴 주시기를! 나리, 아가씨께 너무하십니다.

캐풀렛 현명하신 귀부인 납셨구먼. 그 입 다물고 가서 수다쟁이 들하고 나불거리기나 해.

유모 제가 못 할 말이라도 했나요?

캐풀렛 허허, 저런!

유모 말도 못 해요?

캐풀렛 닥쳐, 이 멍청한 것! 그렇게 입을 놀리고 싶으면 수다스러운 것들하고 점심 먹으면서나 떠들어. 여기선 도저히 들어 줄 수 없으니.

캐풀렛 부인 화가 지나쳐요.

캐풀렛 화가 머리끝까지 나는군! 밤이고 낮이고, 자나 깨나, 일할 때도 쉴 때도, 혼자 있을 때나 누구랑 같이 있을 때나, 오직 딸애에게 좋은 신랑감을 찾아 줄 생각뿐이었건만. 젊고 미남에 교양 있고 명예도 있는 귀족 신사를, 여자라면 누구나 꿈꿀 만한 최고의 신랑감을 찾아왔더니, 이 불효막심한 딸년이 울고 불고하면서 한다는 소리가 결혼할 수 없다느니, 사랑할 수 없다느니, 너무 어리다느니, 용서해 달라는 소리냐? 그래, 끝까지 결혼을 못 하겠다면 내 용서해 주마. 대신 내 집에서는 살 수 없다. 먹고 싶은 대로 먹되 내 집에선 먹지 마라. 잘 생각해 봐라. 농담이 아니다. 목요일은 금방이니 가슴에 손을 얹고 내 말을 되새겨 보거라. 내 딸처럼 군다면 파리스 백작에게 시집 보낼 것이고, 내 딸이기를 거부한다면 거리에서 구걸하다 굶어 죽든지 말든지 마음대로 해라. 맹세코 널 다시 받아 주지도, 아는 척하지도 않을 것이다. 잘 생각해라. 절대로 그냥 하는 말이 아니니.

(캐퓰렛 퇴장.)

줄리엣 저 하늘에 제 슬픔을 알아봐 주실 분은 안 계신가요? 어머니, 저를 버리지 마세요! 결혼을 한 달만이라도, 아니 일주일만이라도 미뤄 주세요. 그럴 수 없다면 티볼트가 누워 있는 묘지를 제 신방으로 꾸며 주세요.

캐퓰렛 부인 더 이상 말하지 마라. 너와는 아무 말도 하지 않겠다. 하고 싶은 대로 하려무나. 더 이상 네 걱정은 안 할 테니까.

(캐퓰렛 부인 퇴장.)

줄리엣 오, 하느님! 오, 유모! 이 일을 어떻게 막지? 내 남편은 이 땅에 살아 있고 우리의 맹세는 하늘에 있는데. 남편이 죽어서 하늘로 올라가 맹세를 이 땅으로 보낼 수도 없고 어떡하지. 유모, 날 위로해 줘. 어떻게 해야 하는지 알려 줘. 아, 하늘도 무심하시지. 나처럼 연약한 사람을 왜 이런 덫에 빠뜨리시는 걸까? 유모, 어떡해? 좋은 생각 없어? 날 위로해 줘, 유모.

유모 내 생각은 이래요. 로미오 님은 추방되셨어요. 다시 돌아와 아가씨의 결혼을 막는 건 불가능하다고요. 돌아오더라도 몰래 와야 하잖아요. 현실이 그러니 제 생각엔 그냥 백작님과 결혼하는 게 가장 좋은 방법인 것 같아요. 백작님이 얼마나 잘생기셨다고요! 그에 비하면 로미오는 행주 걸레나 다름없어요. 독수리의 눈도 백작님의 눈보다 파랗고 총기 넘치고 아름답지 않죠. 섭섭하게 생각하실지도 모르지만, 제가 보기엔 두 번째 남편이 아가씨를 더 행복하게 해 줄 거예요. 첫 번째 남편보다 나으니까요. 그게 아니더라도 첫 번째 남편은 죽은 거나 다름없잖아요. 여기 없으니 만나지도 못하고….

줄리엣 그게 유모의 진심이야?

유모 진심이고 말고요. 제 마음과 혼을 걸고 진심이지요. 거짓이라면 벼락을 맞을 거예요.

줄리엣 아멘!

유모 뭐라고요?

줄리엣 큰 위로가 됐어. 어머니께 내가 외출했다고 말씀드려. 아버지를 노엽게 한 죄를 참회하러 로렌스 신부님을 만나러 갔다고.

유모 그럴게요. 잘 생각하셨어요.

(유모 퇴장.)

줄리엣 망할 할망구! 너무 못됐어! 내가 한 맹세를 깨뜨리기를 바라는 것도 모자라, 그 누구와도 비교할 수 없다며 칭찬하던 혀로 내 남편을 욕하다니. 뭐가 더 큰 죄일까? 꺼져 버려, 유모. 유모의 조언도 필요 없어. 앞으론 유모한테 속마음을 털어놓지 않을 거야. 신부님께 가서 도움을 구해 봐야겠다. 아무 방법이 없어도 내 목숨을 스스로 끊을 힘은 남아 있으니까.

(줄리엣 퇴장.)

제4막

· 제1장 ·

로렌스 신부와 파리스 백작 등장.

로렌스 신부 목요일이라고 하셨지요? 시간이 촉박하군요.

파리스 장인이 되실 캐퓰렛 어르신의 뜻이 그러해서요. 저 역시 서두르지 않을 이유가 없고요.

로렌스 신부 아직 신부 되실 아가씨의 마음을 모르신다고요? 이리 순탄치 않으니 마음이 쓰이는군요.

파리스 사촌 티볼트의 죽음으로 큰 슬픔에 빠져 있어서 얘기할 겨를이 없었습니다. 비너스는 눈물이 흐르는 집안에는 미소를 보내지 않는 법이지 않습니까. 아버지는 지나친 슬픔에 빠진 딸을 그대로 놔두면 큰일 날 수도 있을 것 같아 눈물을 막고자 혼인을 서두르시는 거지요. 대부분의 시간을 혼자 눈물 흘리고 있다고 하네요. 옆에 누군가 있어 주면 눈물을 그칠 수 있겠지요. 아무튼 그런 연유로 이렇게 서두르게 되었습니다.

  로렌스 신부 (방백) 이 혼사를 늦춰야 하는 이유를 내가 모른다면 좋으련만. 아 백작님, 저기 줄리엣 아가씨가 오는군요.

줄리엣 등장.

  파리스 이렇게 마주치다니 반갑습니다. 나의 아내가 되실 아가씨!

  줄리엣 제가 만약 당신과 결혼한다면 그렇게 될지도 모르죠.

  파리스 그 만약이 목요일이면 현실이 될 거요.

  줄리엣 그렇게 된다면 그런 거겠지요.

  로렌스 신부 그거 맞는 말이군요.

  파리스 신부님께 고백할 것이 있어서 오셨나요?

  줄리엣 그 질문에 답하면 백작님께 고백하는 게 되겠네요.

  파리스 신부님께 절 사랑한다고 고백하세요.

  줄리엣 신부님을 사랑한다고 당신에게 고백하겠어요.

  파리스 나를 사랑한다는 것도 함께 고백하세요.

  줄리엣 고백하더라도 백작님 앞에서 하는 것보다 뒤에서 하는 게 더 의미가 있겠지요.

  파리스 가엾게도, 얼굴을 보니 정말 많이 울었나 보군요.

  줄리엣 눈물이 이긴 것도 아니랍니다. 이렇게 울기 전에도 그렇게 예쁜 얼굴은 아니었으니까요.

파리스 그 거짓이 눈물보다 더 당신의 얼굴을 모독하는군요.

줄리엣 모독이 아니라 사실이에요. 내가 내 얼굴에 하는 말이고요.

파리스 당신의 얼굴은 내 것인데, 그 얼굴을 모독하다니요.

줄리엣 그럴지도 모르지요. 제 얼굴은 제 것이 아니니까요. 신부님, 지금 시간 있으신가요? 저녁 미사에 다시 찾아뵈어야 할까요?

로렌스 신부 가여운 아가씨, 지금 괜찮습니다. 백작님, 실례해야 할 것 같습니다.

파리스 물론이지요. 신성한 일을 하시는데 제가 막을 수는 없지요! 줄리엣, 목요일 아침 일찍 깨우러 가지요. 그때까지 이 신성한 키스를 간직해 주길.

(파리스 퇴장.)

줄리엣 오, 문을 닫아 주세요. 문을 닫고 이리 오셔서 저와 함께 울어 주세요. 저는 이제 아무런 희망도, 방법도 없어요.

로렌스 신부 줄리엣, 네 슬픔은 나도 이미 알고 있다. 나로서도 어쩔 도리가 없는 상황이구나. 목요일에 백작과 혼인해야 한다고 들었다. 미룰 방법이 없다고 말이야.

줄리엣 신부님, 이미 아신다는 말씀만 하지 마시고 어떻게 해야 하는지 알려 주세요. 만약 신부님의 지혜로도 저를 도울 수 없다면, 적어도 제가 생각한 방법이 지혜롭다고 말씀해 주세요. 전 이 칼로 문제를 해결할 거예요. (칼을 꺼낸다.) 하느님이 저와 로미오의 마음을 맺어 주셨고 신부님은 저희의 손을 맺어 주셨어요. 이미 로미오와 맺어진 제 손과 마음을 다른 남자에게 주어야만 한다면 그전에 제 스스로 목숨을 끊겠어요. 신부님께서는 지혜롭고 경험도 많으시니 이런 제게 아무 조언이나 해 주세요. 아니면, 제가 이 시련을 명예롭게 끝내는 모습을 지켜봐 주기라도 하세요. 어서 말씀해 주세요. 만약 다른 방법을 찾아 주시지 못한다면 전 그냥 죽겠어요.

로렌스 신부 줄리엣, 한 줄기 희망이 있단다. 필사적인 상황이니 대담한 행동이 필요하다. 파리스 백작과 결혼하느니 목숨을 끊겠다고 결심했다면, 이 문제를 해결하기 위해 목숨을 걸 각오도 되어 있겠구나. 이 치욕에서 벗어나려면 죽음과 씨름해야 한다. 그럴 각오가 되어 있다면 방법을 알려 주마.

줄리엣 백작과 결혼하지 않을 수만 있다면 탑 꼭대기에서 뛰어내릴 수도 있어요. 도둑들이 우글거리는 골목길을 걸을 수도 있어요. 뱀의 둥지에 앉을 수도 있고, 곰과 함께 묶일 수도 있고, 매일 밤 뼈들이 덜걱대는 소리와 살 썩는 냄새와 턱뼈 없는 해골이 가득한 납골당에 갇힐 수도 있어요. 갓 만들어진 무덤에 들어가 수의 입은 송장 밑에 누울 수도 있어요. 말만 들어도 온몸이 덜덜 떨리지만 사랑하는 남편에게 순결한 아내가 될 수 있다고 생각하면 하나도 무섭지 않아요.

로렌스 신부 그렇다면 마음을 강하게 먹거라. 집으로 돌아가 파리스 백작과 결혼하겠다고 해. 그리고 수요일인 내일*은 꼭 혼자 자야 한다. 유모도 방에서 재우면 안 돼. (유리병을 건넨다.) 이 유리병을 가져가 내일 밤 침대에 누운 뒤 물약을 모두 마시거라. 물약이 온몸의 혈관을 따라 퍼지면서 차가운 졸음이 쏟아지고 맥박이 멈출 거다. 온몸이 차가워지고 숨이 멎을 거야. 장밋빛 입술과 장밋빛 뺨은 잿빛으로 변하고 눈은 닫혀, 꼭 죽은 사람처럼 보일 거다. 움직일 수도 없고 몸이 시체처럼 차갑게 굳을 거야. 이 상태로 마흔두 시간이 지나면 푹 자고 일어난 것처럼 잠에서 깰 것이다. 아침에 백작이 찾아와 너를 깨우고는 네가 죽었다고 생각할 거야. 이 도시의 전통에 따라 너는 가장 좋은 옷을 입고 뚜껑을 덮지 않은 관에 누운 채 캐퓰렛 가문의 가족 묘지로 옮겨지겠지. 로미오에게는 내가 편지를 보내 우리의 계획을 알리겠다. 로미오가 이곳으로 와서 나와 함께 네가 깨어나는 것을 지켜볼 거야. 그날 밤에 로미오가 곧바로 너를 데리고 만토바로 갈 것이다. 이렇게 하면 네 눈앞에 놓인 치욕을 피할 수 있을 거야. 마음을 바꾸거나 연약한 여자처럼 무서워하지만 않는다면 말이다.

줄리엣 주세요, 어서 주세요! 하나도 무섭지 않아요!

로렌스 신부 (유리병을 준다.) 얼른 가 보거라. 마음 단단히 먹고 꼭 성공해야 한다. 신부 한 사람을 만토바로 보내 로미오에게 편

---

* 수요일인 내일: 캐퓰렛이 결혼식을 목요일이 아닌 수요일로 앞당기는 바람에 줄리엣은 수요일이 아닌 화요일 밤에 약을 마시게 된다.

지를 전하마.

줄리엣 사랑이 제게 힘을 주고 그 힘으로 성공할 수 있을 거예요. 안녕히 계세요, 신부님.

(각자 퇴장.)

· 제2장 ·

캐풀렛, 캐풀렛 부인, 유모, 하인 두세 명 등장.

캐풀렛 가서 여기 적힌 손님들을 초대해라.

(하인 중 한 명이 종이를 들고 퇴장.)

넌 가서 솜씨 좋은 요리사 스무 명을 불러와라.

하인 맡겨만 주십시오. 손가락을 어떻게 빠는지 시험해 보면 솜씨가 좋은지 알 수 있지요.

캐풀렛 그런 시험으로 어떻게 아는 거냐?

하인 자기 손가락을 제대로 못 빠는 놈은 실력 있는 요리사가 아니거든요. 그런 놈들은 데려오지 않으면 됩니다.

캐풀렛 그래, 가 봐라.

(하인 퇴장.)

준비할 게 너무 많군. 딸아이는 로렌스 신부에게 간 것이냐?

유모 네.

캐풀렛 신부님이 딸애 마음을 돌려 주었으면 좋겠군. 고집이 그렇게 세서야, 원.

줄리엣 등장.

유모 저기 아가씨가 고해성사를 마치고 밝은 얼굴로 돌아오시네요.

캐풀렛 황소처럼 고집 센 딸아, 어디를 다녀왔느냐?

줄리엣 아버지와 아버지의 뜻을 거역한 죄를 참회하고 왔습니다. 로렌스 신부님이 아버지께 무릎을 꿇고 용서를 구하라고 하셨어요. (무릎을 꿇는다.) 제발 용서해 주세요. 이제부터는 아버지의 말을 거역하지 않을게요.

캐풀릿 백작에게 사람을 보내거라. 내일 결혼식을 예정대로 진행한다고 전해.

줄리엣 사제관에서 백작님을 뵈었어요. 선을 넘지 않는 선에서 그분께 제 애정을 보여 드렸답니다.

캐풀렛 잘했다, 잘했어. 일어나거라.

(줄리엣이 일어난다.)

당연히 그래야지. 백작을 만나 봐야겠다. 여봐라, 백작을 모셔오너라. 베로나 전체가 신부님 덕을 톡톡히 보는군.

줄리엣 유모, 내 방으로 같이 가서 내일 입을 옷과 장신구를 골라 주지 않겠어?

캐풀릿 부인 그건 목요일에 해도 된다. 시간은 충분해.

캐풀렛 줄리엣하고 같이 가게, 유모. 내일 성당에도 가야 하니까.

(줄리엣과 유모 퇴장.)

캐풀렛 부인 파티 준비가 부족한 것 같아요. 벌써 날이 저물었는데.

캐풀렛 걱정 마시오. 내가 알아서 다 준비할 테니까. 괜찮을 거요. 나만 믿으시오. 부인은 가서 줄리엣의 옷단장이나 도와줘요. 오늘 난 잠자리에도 안 들 거요. 걱정 마시오. 내가 안주인 노릇도 다 할 테니까.

(캐풀렛 부인 퇴장.)

거기 아무도 없느냐? 다 나갔나 보군. 내가 직접 백작을 만나러 가서 준비하라고 일러야겠군. 마음이 가볍구나. 불효막심한 딸이 드디어 생각을 바꾸고 결혼하겠다고 하니.

(캐풀렛 퇴장.)

· 제3장 ·

줄리엣과 유모 등장.

줄리엣 그래, 그 옷이 좋겠어. 그런데, 유모 오늘 밤은 나 혼자 있게 해 줘. 하늘의 축복을 받으려면 오늘 밤 기도를 많이 해야 할 것 같아서 그래. 지금까지 내가 말썽도 많이 일으키고 죄도 많이 지었잖아.

캐풀렛 부인 등장.

캐풀렛 부인 바쁘니? 도와줄까?

줄리엣 아니에요, 어머니. 내일 결혼식에서 입을 옷은 다 골랐어요. 부탁이니 혼자 있게 해 주세요. 오늘 밤에는 어머니가 유모를 데리고 계세요. 어머니도 갑작스레 결혼식 준비하시느라 바쁘실 테니까요.

캐풀릿 부인 그럼 잘 자거라. 푹 쉬어 둬야 할 거야.

(캐풀렛 부인과 유모 퇴장.)

줄리엣 모두 안녕히. 우리가 언제 다시 만날지는 하느님만이 아시겠지요. 생명의 온기를 얼어붙게 하는 싸늘한 공포가 몸 안에 퍼지는 것 같아. 어머니와 유모를 다시 불러서 위로를 받아야겠다. 유모! 아니야. 유모가 무슨 도움이 된다고. 이 일은 나혼자서 해야만 해. 이리 오렴, 유리병아. (유리병을 집는다.) 만약이 약이 아무런 효과가 없으면 어떡하지? 그럼 내일 아침 결혼을 해야 하는 걸까? 안 돼. 이 칼이 그걸 막아 줄 거야. 칼은 여기 놓아두자. (칼을 내려놓는다.) 만약 신부님이 진짜 독약을 주신거라면 어떡하지? 당신이 직접 로미오와 맺어 주신 나를 파리스 백작과도 맺어 줘야 한다는 사실에 수치심을 느껴서 그러신

거라면? 걱정되긴 하지만 그럴 리 없을 거야. 신부님은 정직하고 신성한 분이시니까. 그런데 내가 로미오가 오기 전에 먼저 무덤 속에서 깨어나면 어떡하지? 무서워. 혹시 로미오가 도착하기도 전에 숨이 막혀서 죽으면 어떡하지? 묘지에는 맑은 공기가 들어오지 않으니까. 만약 무사히 깨어나도 죽음과 밤에 대한 무서운 생각이 묘지의 공포와 합쳐져서 내가 미쳐 버리면 어떡하지? 가족 묘지는 정말 무서운 곳이야. 수백 년 동안 조상들의 뼈가 거기 모여 있잖아. 얼마 전까지만 해도 살아 있었던 티볼트의 시체도 수의를 입은 채 썩어 가고 있겠지. 밤마다 묘지에 유령이 찾아온다는 말도 있잖아. 아아! 너무 일찍 깨어나 끔찍한 악취와 맨드레이크* 뿌리를 뽑을 때 나는 비명 속에서 미쳐 버리는 건 아닐까? 주변이 너무 끔찍해 내가 미쳐 버려서 조상님들의 뼈를 가지고 놀고 티볼트 오빠의 수의를 벗기는 건 아닐까? 미쳐서 조상님의 뼈를 몽둥이 삼아 내 머리를 내리치는 건 아닐까? 아, 사촌 오빠의 유령이 보이는 것 같아. 자기를 칼로 찔러 죽인 로미오를 찾고 있는 티볼트의 유령. 티볼트, 거기 서요! 로미오, 로미오, 로미오! 이제 마셔야겠어요. 당신을 위해 건배할게요.

(줄리엣이 독약을 마시고 커튼으로 가려진 침대로 쓰러진다.)

---

* 맨드레이크: 지중해와 레반트 지방이 원산지인 허브의 한 종류로, 뿌리가 둘로 나뉘며, 마치 사람의 하반신 모습을 하고 있어서, 그것을 뽑을 때 사람을 미치게 하거나 죽게 한다고 여겨지는 식물.

· 제4장 ·

캐풀릿 부인과 유모 등장.

캐풀릿 부인 유모, 이 열쇠를 받게. 가서 향료를 더 가져와.

유모 주방에선 대추야자와 마르멜로를 더 가져오라고 하네요.

캐풀릿 등장.

캐풀릿 모두 서둘러! 수탉이 두 번 울었어. 새벽종도 울렸으니 벌써 세 시다. 안젤리카, 구운 고기를 잘 살피게. 다들 아끼지 말고 팍팍 써.

유모 나리, 안주인처럼 참견은 그만하시고 가서 주무세요. 밤을 새시다가는 내일 병나세요.

캐풀릿 문제없어. 예전에는 이것보다 중요하지 않은 행사에도 밤을 새웠지만 병난 적은 없었다고.

캐풀릿 부인 젊을 때 여자들 꽁무니 쫓아다니느라 그랬지요. 이젠 내가 지켜볼 테니까 밤샐 생각은 마세요.

캐풀릿 질투하긴!

하인 서너 명이 꼬치와 장작, 바구니를 들고 등장.

그건 뭐냐?

하인 1 요리사가 쓸 건데 뭔지는 모르겠습니다.

캐퓰렛 서둘러라, 서둘러!

(하인 1 퇴장.)

여봐라, 더 잘 마른 장작을 가져오거라. 피터를 불러라. 어디 있는지 알려 줄 거다.

하인 2 저도 머리가 있는데, 장작쯤은 피터에게 물어보지 않고도 찾을 수 있습니다.

(하인 2 퇴장.)

캐퓰렛 그래, 맞는 말이군. 웃기는 녀석이야. 머릿속에 장작만 가득 찬 모양이야. 아이쿠, 벌써 날이 밝았네. 백작이 악사들을 데리고 곧 오겠구나.

(음악 소리.)

벌써 온 모양이군. 유모! 부인! 유모!

유모 등장.

가서 줄리엣을 깨우게. 몸단장을 시켜. 난 파리스 백작과 잠깐 얘기를 나누고 있지. 서둘러! 신랑이 벌써 왔군. 서두르라니까!

(모두 퇴장.)

· 제5장 ·

유모 (침대로 다가간다.) 아가씨, 아가씨, 줄리엣 아가씨! 잠이 푹 드셨네. 잠꾸러기 아가씨! 우리 귀여운 아가씨! 새 신부님! 답이 없으시네. 그래요, 좀 더 주무세요. 오늘 일주일치는 자 두셔야 할걸요. 오늘 밤에는 분명 파리스 백작님이 아가씨를 재우지 않을 테니까요. 호호, 이 입이 문제라니까. 정말 푹 잠드셨네! 그래도 깨워야겠어. 아가씨, 아가씨, 아가씨! 안 일어나시면 백작님을 부를 거예요. 그럼 놀라서 일어나시겠죠? (커튼을 젖힌다.) 어라, 옷을 그대로 입고 잠드셨네. 깨워야지. 아가씨, 아가씨, 아가씨! 세상에! 맙소사! 아가씨가 돌아가시다니! 이게 무슨 일이야! 브랜디 좀 가져와요! 나리! 마님!

캐퓰렛 부인 등장.

캐퓰렛 부인 이게 무슨 소란인가?

유모 너무 슬픈 날이에요!

캐퓰렛 부인 무슨 일이야?

유모 보세요, 보시라고요! 세상에 이런 일이!

캐퓰렛 부인 오 세상에, 세상에! 우리 딸! 내 목숨과도 같은 자식! 눈을 떠라, 일어나거라. 나도 따라 죽겠다. 도와줘요!

캐풀렛 등장.

캐풀렛 동네 창피하게 이게 무슨 일인가? 줄리엣을 데려오라니까. 신랑이 왔다고.

유모 아가씨가 죽었어요, 돌아가셨다고요!

캐풀렛 부인 이럴 수가! 줄리엣이 죽었어요! 줄리엣이 죽었어, 줄리엣이!

캐풀렛 뭐? 어디 보자. 맙소사! 몸이 얼음장처럼 차가워. 피가 돌지 않고 손발이 뻣뻣해. 죽었구나. 갑자기 내린 서리를 맞은 아름다운 꽃처럼 죽었어.

유모 이렇게 슬픈 날이 오다니!

캐풀렛 부인 이렇게 끔찍한 일이!

캐풀렛 딸을 데려가서 나를 비통하게 만든 죽음이 내 혀까지 묶어 말을 못 하게 하는구나.

로렌스 신부와 파리스 백작, 악사들 등장.

로렌스 신부 신부가 성당으로 갈 준비가 되었나요?

캐풀렛 준비는 되었지만 영영 돌아오지는 못하게 되었소. 사위, 결혼 전날 죽음이 자네 아내를 데려갔네. 저기 저렇게 누워 있네. 죽음이 꽃 같던 딸을 꺾어 버렸어. 이제는 죽음이 내 사위이고 상속자라네. 내 딸은 죽음과 결혼했네. 내가 죽으면 그놈에게

다 물려줘야지. 모든 것이 다 죽음의 것이다.

파리스 이런 꼴을 보자고 내가 오늘을 그토록 간절히 기다렸던가.

캐퓰렛 부인 너무도 끔찍하고 불행하고 원망스러운 날이구나! 살면서 이렇게 슬픈 일이 또 있을까! 내 하나뿐인 딸, 나에게 기쁨과 위안을 주던 하나뿐인 자식을 죽음이 빼앗아 갔구나.

유모 너무 슬픈 날이에요! 지금까지 살면서 이렇게 슬픈 날은 없었어요. 아아, 이런 날이 올 줄이야! 세상에 이런 끔찍한 일이!

파리스 죽음이 그녀를 속이고 망치고 괴롭히고 기어코 목숨을 빼앗았구나! 잔혹하고 가증스러운 죽음이 그녀를 데려갔어. 오 나의 사랑, 나의 생명! 죽음이 내 사랑도 그 사람의 생명도 앗아갔구나.

캐퓰렛 죽음이 나를 속이고 괴롭히고 증오하고 죽음을 선사하는구나! 왜 하필 오늘 이런 일이! 죽음아, 왜 우리 결혼식을 망치느냐! 내 딸, 내 소중한 딸이 죽었구나. 내 딸이 죽었어. 내 딸과 함께 내 기쁨도 묻힐 것이다.

로렌스 신부 다들 진정하세요. 그렇게 시끄럽게 울고불고해도 아무것도 해결되지 않습니다. 애초에 하늘이 주셔서 태어난 따님입니다. 이제 하늘로 돌아갔으니 좋은 곳으로 간 것이지요. 여러분은 따님의 죽음을 막지 못했지만 이제 따님은 하늘에서 영생을 얻었습니다. 여러분은 따님이 고귀한 분과 결혼해 고귀해지기를 바랐지요. 따님이 천국에서 고귀한 신분이 되었는데, 왜 그리

슬피 우신단 말입니까? 천국에 간 따님을 두고 그렇게 슬퍼하는 건 진정으로 따님을 사랑하는 마음이 아닙니다. 결혼 생활을 오래 한 것이 아니라 이렇게 결혼하기 직전에 사랑을 가득 받은 상태로 죽음을 맞이했으니 여자로서는 더 잘된 일이지요. 이제 그만 우시고 로즈마리 꽃을 시신에 올려놓으세요. 관례에 따라 가장 좋은 옷을 입혀 성당으로 옮기세요. 눈물이 나오는 것도 당연하지만 모두 고인을 위해 오히려 기뻐해야 합니다.

캐퓰렛 잔치에 쓰려고 준비한 것들을 장례식에 쓰게 됐구나. 즐거운 음악 대신 슬픈 음악이 흘러나오겠지. 피로연 음식은 슬픔으로 가득한 장례식 음식이 되고, 축가는 장송곡이 되고, 신방의 꽃은 시신과 함께 놓이겠지. 우리가 준비한 모든 게 정반대로 쓰이겠구나.

로렌스 신부 안으로 들어가시지요. 부인과 파리스 백작도 같이 가시고요. 아름다운 고인을 묘지로 옮길 준비를 하세요. 아무래도 여러분이 하느님의 심기를 불편하게 한 게 있나 봅니다. 앞으로는 절대로 하늘의 뜻을 거역하시면 안 됩니다.

(유모와 악사들만 남고 모두 퇴장.)

악사 1 우린 악기를 챙겨 돌아가야겠군.

유모 그래요. 악기들 챙기세요. 아주 슬픈 일이 생겨 버렸네요.

(유모 퇴장.)

피터 등장.

피터 악사님들, 악사님들, '마음의 평화'를 들려주게. '마음의 평화'를 듣지 못하면 죽을 것만 같아서.

악사1 '마음의 평화'는 왜?

피터 내 마음에선 지금 '마음의 슬픔'이 울려 퍼지고 있거든. 즐거운 곡으로 위로 좀 해 주게.

악사1 지금은 그런 걸 연주할 때가 아닌 것 같소만.

피터 그래서 못 하시겠다고?

악사1 그렇소.

피터 그렇다면 내가 맛을 보여 줘야지.

악사1 무슨 맛?

피터 돈맛은 당연히 아니고, 조롱 좀 해 줘야지. 이 거지 악사들아.

악사1 그럼 넌 천한 종놈이다.

피터 종놈의 칼로 네놈들 대가리를 쳐 주지. '레'를 치고 '파'를 쳐서 네놈들이 노래하게 만들 거다.

악사1 우리가 노래하면 넌 그 노래에 귀 기울이게 될걸.

악사2 칼은 내려놓고 주둥아리 좀 그만 놀려.

피터 그럼 이 주둥아리를 단검 삼아서 네놈들을 공격해 주지. 자. 어디 사내답게 받아쳐 봐. (피터 노래한다.)

"슬픔이 가슴에 상처를 낼 때

가슴에 고통만이 가득할 때

은 같은 음악이…"

왜 '은 같은 음악'일까? '은 같은 음악'이 무슨 뜻일까? 어떻게 생각하시나, 바이올린을 켜는 사이먼 깽깽이 씨?

악사 1 그거야 은에서 달콤한 소리가 나니까 그렇지.

피터 꽤 받아치는데? 휴 깽깽이 씨는 어떻게 생각하나?

악사 2 악사들이 음악을 연주하고 은화를 받으니까.

피터 제법인걸? 제임스 깽깽이 씨는?

악사 3 모르겠는데.

피터 아, 이런 실례. 자네는 가수지. 내가 대신 답해 주지. '은 같은 음악'인 이유는 악사들 따위는 '금 소리'를 만들 '금'이 없기 때문이라네. (노래한다.)

　　"은 같은 음악 소리에

　　기분이 좋아지네."

(피터 퇴장.)

악사 1 별 짜증 나는 놈을 다 보겠네.

악사 2 저런 놈은 잊어버려, 잭. 안으로 들어가서 조문객들을 기다렸다가 저녁이나 얻어먹자고.

(모두 퇴장.)

제5막

· 제1장 ·

로미오 등장.

로미오 내 꿈이 맞다면 기쁜 소식이 곧 도착할 거야. 가슴에 사랑이 가득하고 이상하게 하루 종일 붕 뜬 것처럼 기분이 좋구나. 사랑하는 사람이 죽은 나를 발견하는 꿈을 꿨어. 참 이상한 꿈이지. 죽었는데도 생각을 할 수 있다니. 그녀가 입맞춤으로 내게 다시 생명을 불어넣어 줬지. 부활한 내가 황제가 됐어. 아, 사랑하는 그녀에 대해 이렇게 꿈을 꾸는 것만으로도 행복한데, 실제로 그녀와 함께 있으면 얼마나 행복할까.

승마 부츠를 신은 하인 발타자르 등장.

베로나에서 소식이 왔구나! 왔느냐, 발타자르. 신부님의 편지를 가져왔겠지? 내 아내는 잘 있어? 아버지는 안녕하시고? 줄리엣의 안부가 가장 중요하니 나머지는 나중에 다시 물으마.

발타자르 아가씨는 잘 계시지요. 캐풀렛 가족 묘지에 잠들어 계시고, 아가씨의 영혼은 천사들과 함께 계시니까요. 줄리엣 아가씨의 시신이 묘지에 안치되는 것을 보고 곧장 소식을 전하러 왔습니다. 아아, 이렇게 슬픈 소식을 전하는 저를 용서하세요. 도련님이 부탁하신 일이니 어쩔 수 없었습니다.

로미오 그게 사실이냐? 아, 그렇다면 난 운명을 거부하겠다! 발타자르, 내 방에 가서 종이와 잉크를 가져오거라, 말도 구해 놓고. 오늘 밤 베로나로 갈 것이다.

발타자르 도련님, 잠시 진정하세요. 얼굴도 창백하고 흥분하신 상태라 무모한 일을 벌이실까 걱정됩니다.

로미오 네가 잘못 본 것이다. 얼른 가서 시킨 대로 하거라. 신부님 편지는 없고?

발타자르 없습니다.

로미오 상관없다. 얼른 가서 말을 준비해라. 곧장 따라가겠다.

(발타자르 퇴장.)

줄리엣, 오늘 밤 나도 그대 곁에 누울 것이오. 그 방법을 찾아봅시다. 아. 절박한 자의 머릿속에는 어두운 생각이 참 빠르게도 들어오는구나! 근처에 약방이 있어. 이마는 툭 튀어나오고 누더기를 입었지. 약초로 약을 만드는 사람이야. 앙상하게 마른 몸에 아주 가난하고 불행해 보였어. 약방에는 말린 거북과 악어, 이상하게 생긴 생선이 매달려 있었지. 선반에는 빈 상자와 푸른색 항아리, 짐승의 오줌보, 곰팡이 핀 씨앗 들이 있었고. 끈과 말린 장미 꽃잎도 여기저기 흩어져 있었지. 그 약방을 보고 이런 생각을 했었지. 만토바에서는 독약을 팔면 사형에 처하지만, 만약 독약이 필요한 사람이 있다면 저자한테서 살 수 있을 것이라고. 그때 나는 독약이 필요해지리라고 예감했던 것이었어. 그 가난뱅이 약방 남자가 독약을 팔 거야. 내 기억으로는 이 집이었는데….
오늘은 휴일이라 약방 문이 닫혔군. 이봐요, 약방 영감!

약방 영감 등장.

약방 영감 누가 이렇게 큰 소리로 부르는가?

로미오 좀 나와 보시오. 보아하니 영감님은 사정이 꽤 궁핍한 것 같소. (돈을 내민다.) 금화 40더컷이오. 독약을 좀 주시오. 먹자마자 온몸의 핏줄을 타고 퍼져 나가 대포에서 화약이 터지는 것처럼 빠르게 죽을 수 있는 그런 독 말이오.

약방 영감 그런 독이 있긴 하지요. 하지만 만토바에서 그런 독약을 팔면 사형이라오.

로미오 이렇게 가난하고 비참하게 사는데도 죽음이 두렵단 말이오? 굶어서 두 뺨이 푹 꺼지고, 퀭한 두 눈에는 굶주림과 고통이 선하군. 등에도 가난과 세상에 대한 원망을 짊어지고 있고. 세상은 영감 편이 아니오, 법도 마찬가지고. 당신을 부자로 만들어 줄 법 따위는 없어요. 계속 가난하게 살지 말고 법을 어기고 이 돈을 받으시오. (돈을 내민다.)

약방 영감 내가 아니라 가난이 받는 거요.

로미오 나도 영감이 아니라 가난에 이 돈을 주는 겁니다.

약방 영감 (독약을 건넨다.) 이걸 아무 액체에나 타서 마셔요. 젊은이 스무 명을 당하는 천하장사라도 이 독을 마시는 순간 죽을 거요.

로미오 (돈을 준다.) 자, 돈을 받으시오. 돈이야말로 인간의 영혼에 가장 치명적인 독이지. 돈은 가난한 약방 주인이 판, 법으로 금지된 독약보다 훨씬 더 많은 사람을 죽이니까. 내가 영감에게 독을 판 겁니다. 영감은 나에게 아무것도 팔지 않았어요. 안녕히 계시오. 그 돈으로 먹을 것을 사서 살 좀 찌우시고.

(약방 영감 퇴장.)

넌 독약이 아니라 약이다. 나와 함께 줄리엣의 무덤으로 가자. 거기에서 너를 쓸 것이다.

(퇴장.)

· 제2장 ·

존 신부 등장.

존 신부 안녕하세요. 프란체스코 수도회 형제님!

로렌스 신부 등장.

로렌스 신부 존 신부가 왔군. 만토바에서 잘 돌아오셨소. 로미오
가 뭐라고 하던가요? 편지를 써 준 게 있다면 보여 주시오.

존 신부 만토바에 같이 가려고 프란체스코 수도회의 한 신부
님을 찾아갔습니다. 환자들을 돌보러 이 도시에 와 계신 분이
있다고 해서요. 그런데 시 검역관들이 우리가 전염병 환자가 나
온 집에서 머물렀다고 의심하는 게 아니겠어요. 그들이 집을 봉
쇄하고 우리를 집 안에 격리하는 바람에 만토바에 갈 수 없었습
니다.

로렌스 신부 그럼 누가 내 편지를 로미오에게 가져갔습니까?

존 신부 전할 수가 없었습니다. 여기 도로 가져왔지요. (편지를 돌
려준다.) 전염병이 퍼질까 봐 다들 두려워해서 편지를 대신 전해
줄 사람을 구할 수가 없었습니다.

로렌스 신부 이런 불행한 일이! 형제여, 이 편지는 단순히 안부를
묻는 것이 아니라 아주 중요한 내용이 들어 있다오. 편지가 전해
지지 않았으니 끔찍한 일이 벌어질 수도 있소. 존 신부, 쇠지레를
구해 주세요. 제 방으로 직접 가져오세요.

존 신부 알겠습니다, 형제님. 곧 가져오겠습니다.

(존 신부 퇴장.)

로렌스 신부 나 혼자라도 묘지에 가 봐야겠다. 앞으로 세 시간이면 줄리엣이 깨어날 거야. 로미오에게 이 소식을 알리지 못한 걸 알면 날 원망하겠지. 만토바로 다시 편지를 보내고 로미오가 올 때까지 줄리엣은 내 방에 숨겨 둬야겠다. 불쌍한 줄리엣, 산 채로 송장들 사이에 갇혀 있다니!

(퇴장.)

· 제3장 ·

파리스 백작과 하인 등장.

파리스 횃불을 이리 주고 너는 멀리 떨어져 있거라. 아니다, 횃불은 꺼라. 눈에 띄고 싶지 않으니. 저기 주목나무 아래에 숨어서 누가 묘지로 들어오나 잘 보고 있거라. 무덤을 파느라 흙이 뭉치지 않아서 발자국 소리가 들릴 거다. 무슨 소리가 들리거든 휘파람을 불어 알리도록. 자, 꽃은 이리 주고 어서 가 보거라.

하인 (방백) 묘지에 혼자 있으려니 좀 무서운걸. 그래도 시키는 대로 하는 수밖에.

(하인이 백작에게서 멀어진다.)

파리스 (꽃을 뿌린다.) 꽃 같은 줄리엣, 신부의 새 침대에 꽃을 뿌려 드리지요. 가슴이 아픕니다. 당신의 침대는 먼지와 돌로 만들어졌군요. 매일 밤 이 꽃에 향수를 뿌려 드리겠소. 밤마다 꽃을 무덤가에 바치고 눈물을 흘리리다.

(하인이 휘파람을 분다.)

누가 오는구나. 오늘 밤 누가 이곳을 어슬렁거리며 내 진정한 사랑의 의식을 방해하는 거냐? 횃불을 들고 있군. 잠시 어둠 속에 숨어 있어야겠다. (파리스가 옆으로 물러난다.)

로미오와 발타자르 등장.

로미오 곡괭이와 쇠지레 이리 줘. 자, 이 편지를 가져가서 아침 일찍 아버지께 전해 드려. 횃불도 이리 주고. 네 목숨을 걸고 약속해라. 네가 여기서 무엇을 듣고 무엇을 보든지 끼어들지 말고 내가 하는 일을 방해하지 마라. 내가 지하 묘지로 내려가는 이유는 아내의 얼굴을 보기 위해서이기도 하지만 그보다 더 중요한 건 그녀의 손에서 반지를 빼기 위해서다. 그 반지를 중요하게 쓸 데가 있어. 그러니 넌 이제 가 보거라. 만약 무슨 일인지 궁금해 다시 돌아와 엿보려고 한다면 네 사지를 찢어 묘지에 뿌려서 배고픈 짐승들에게 먹일 것이다. 내가 하려는 일은 참으로 무모하고 야만적인 것이다. 난 지금 굶주린 호랑이나 성난 바다보다 더 흉폭하니.

발타자르 네, 저는 도련님을 방해하지 않고 이만 가 보겠습니다.

로미오 우정을 확인해 주는구나. 자, 받아. (돈을 준다.) 이 돈으로 잘 먹고 잘 살아라. 그럼, 안녕, 친구여.

발타자르 (방백) 그래도 근처에 숨어 있어야겠어. 도련님 얼굴이 섬뜩할 정도였고, 왜 저러시는지도 모르겠으니. (발타자르가 옆으로 물러난다.)

로미오 (관을 열기 시작한다.) 이 끔찍한 죽음의 아가리! 이 세상에서 가장 아름다운 생명체를 삼킨 아가리. 내가 네 썩은 아가리를 비틀어 열고 먹잇감을 하나 더 넣어 주마.

파리스 아니, 저건 추방당한 몬태규 놈 아닌가. 사랑하는 줄리엣의 사촌을 죽인 놈이다. 줄리엣이 그 일로 슬퍼하다 죽음에 이르렀는데, 여기까지 와서 시신을 욕보이려고 하는구나. 내가 저놈을 붙잡아야겠다. (앞으로 나온다.) 끔찍한 짓을 당장 그만둬라, 이 사악한 몬태규 놈! 시신에 복수를 하려고 온 것이냐? 천인공노할 악당 같으니, 내 너를 잡아가겠다. 순순히 따라와라. 넌 죽어도 마땅하다.

로미오 그렇소. 나는 죽어도 마땅하오. 그래서 여기 온 거요. 젊은 귀족 양반, 절망에 빠진 사람은 그냥 두고 가시오. 날 내버려 두고 가시라고. 죽어 여기 누운 분들을 떠올리면서 죽음을 무서워하시오. 제발 부탁인데, 날 건드리지 마시오. 이미 지은 죄가 많아서 죄를 보태고 싶지 않소. 그냥 좀 가란 말이오! 장담하건대 나는 그쪽을 나보다도 더 사랑한다오. 난 여기 죽으러 온 것이니. 얼른 가시오. 나중에 어느 미치광이가 도망치라고 한 덕분에 목숨을 부지했다고 말하시구려.

파리스 그렇게는 못 하겠다. 너를 중죄인으로 체포한다.

로미오 기어코 나를 건드리는군. 그럼 싸웁시다!

(둘이 칼을 뽑고 싸운다.)

하인 이런, 싸움이 붙었다. 가서 순찰대를 불러와야겠다.

(하인 퇴장.)

파리스 아, 당했다. 자비를 베풀어 주시게. 관을 열어 날 줄리엣 곁에 뉘여 주게.

(파리스 사망.)

로미오 그렇게 하지. 얼굴 좀 보자. 아니, 머큐쇼의 친척 파리스 백작이 아닌가! 말을 타고 오면서 발타자르가 뭐라고 했지? 머릿속이 어지러워서 제대로 듣지 않았어. 파리스와 줄리엣이 결혼한다고 했던가? 정말 그렇게 말했나? 아니면 내가 줄리엣의 이름만 듣고 실성해서 멋대로 생각해 버린 건가? 악수나 합시다. 우리 둘 다 참 불행하기 짝이 없구려. 멋진 무덤에 묻어 드리리다. (관을 연다.) 아니, 무덤이 아니지! 이건 탑 꼭대기 둥근 지붕이라네, 백작. 여기 누운 줄리엣의 아름다움이 온통 환하게 빛나는 축제장처럼 묘지를 환하게 비추니까. 자, 젊은이, 여기 누우시오. 이미 죽은 자가 그대를 묻는구려. (백작을 관에 눕힌다.) 사람은 죽음을 앞두고 웃음을 찾는다지. 죽음을 지켜보는 사람들은 그걸 임종 직전의 빛이라 부르고. 지금 내가 느끼는 기분이 그런 것인가? 사랑하는 부인! 죽음이 당신의 달콤한 숨결을 빼앗아 갔지만 당신의 아름다움을 빼앗아 가진 못했군요. 당신은 패하지 않았어요. 뺨과 입술이 아직도 붉고 창백한 죽음이 아직 도달하지 못했으니. 티볼트, 자네도 피 묻은 수의를 입고 거기 누워 있나? 내가 자네에게 아주 큰 선물을 주지. 아직 젊은 자네의 목숨을 빼앗아 간 살인자를 죽여 주겠네. 살인자의 바로 그 손으로 말이야. 용서하게, 사촌. 아 사랑하는 줄리엣, 당신은 어째서 지금도 이토록 아름다운가요? 혹시 괴물 같은 죽음이 당신에게 반해 당신을 연인으로 삼으려고 이 암흑 속에 가둬 두었나요? 그런 일이 절대 없도록 내가 영원히 이 캄캄한 묘지를 떠나지 않고 언제까지나 당신과 함께하겠어요. 이곳에서 당신의 시녀인 구더기들과 함께하며 영원한 휴식을 취하겠어요. 나에게 닥친 모든 불행 따위는 잊어버리고 말예요. 눈이여, 마지막으로 잘 보아라. 팔이여, 마지막으로 꼭 안아 보아라. 숨결이 드나드는 문, 입술아! 순수한 입맞춤으로 죽음과 맺은 영원한 계약에 도장을 찍어라. (줄리엣에게 키스한다.) 오너라, 쓰디쓴 독약이여, 고약한 길잡이여! 불운한 뱃사공아, 지친 배를 암초로 몰아넣어라. 내 사랑을 위해 건배! (독약을 마신다.) 약방 영감이 거짓말을 하진 않았군. 약효가 정말 빠르네. 이 키스와 함께 나는 죽는다.

(로미오 사망.)

로렌스 신부가 등불과 괭이, 삽을 들고 등장.

로렌스 신부 프렌체스코 성자님, 도와주소서! 오늘 이 늙은이의

발에 차이는 무덤이 왜 이토록 많은 것인지…. 거기 누구요?

발타자르 친구입니다. 신부님도 잘 아시는 사람입니다.

로렌스 신부 다행이구나! 저기 불빛은 뭐지? 구더기와 해골을 비추는 저 횃불 말이야. 캐풀렛 가족 묘지에서 타고 있는 것 같은데.

발타자르 맞습니다, 신부님. 신부님도 아끼시는 저희 도련님이 저기 계십니다.

로렌스 신부 그게 누구냐?

발타자르 로미오 도련님 말입니다.

로렌스 신부 같이 무덤으로 가 보자.

발타자르 안 됩니다. 제가 아직 여기 있는 걸 도련님이 아시면 안 돼서요. 뭐하는지 엿보면 죽여 버리겠다고 하셨어요.

로렌스 신부 그럼 여기 있거라. 나 혼자 가 봐야겠다. 불안하다. 끔찍한 일이 벌어졌을까 봐 두렵구나.

발타자르 주목나무 아래에서 졸다가 도련님이 누군가와 싸우시는 소리를 들었습니다. 도련님이 상대방을 죽이신 것 같습니다.

로렌스 신부 (무덤으로 다가간다.) 로미오, 맙소사! 묘지 입구에 묻은 이 피는 뭐란 말인가? 죽은 자들이 휴식을 취하는 이곳에 왜 주인 없는 피 묻은 칼들이 굴러다니는 것이냐? 로미오! 안색이 창백하구나. 또 누가? 파리스 백작? 피투성이가 되었구나. 도대체 어느새 이 끔찍한 일들이 일어났단 말인가. 아, 줄리엣이 깨어나는구나.

줄리엣 아아, 신부님을 보니 마음이 놓여요. 제 남편은 어디 있나요? 제가 지금 어디 있는지는 잘 알고 있어요. 나의 로미오는 어디 있어요?

로렌스 신부 무슨 소리가 들리는구나, 줄리엣. 죽음과 병, 부자연스러운 잠이 있는 이 무덤에서 나가자. 사람의 힘으로는 감당할 수 없는 거대한 힘이 우리의 계획을 망쳤다. 네 남편은 죽어서 저기 누워 있다. 파리스 백작도. 가자, 성스러운 수녀님들이 계시는 곳으로 데려다주마. 지금은 아무것도 묻지 마라. 순찰대가 오고 있다, 줄리엣. 빨리 가야 한다. 더 이상 지체해선 안 돼.

줄리엣 신부님 혼자 가세요. 전 가지 않겠어요.

(로렌스 신부 퇴장.)

이게 뭐지? 내 사랑의 손에 컵이 들려 있네. 독약을 마시고 죽었구나. 혼자 다 마셔 버리다니 무정하기도 하셔라. 나도 뒤따라갈 수 있도록 한 방울이라도 남겨 주시지. 그럼 당신의 입술에 키스할래요. 입술에 남은 독약이 있다면 생명의 묘약처럼 날 로미오에게 데려다줄 거야. (키스한다.) 입술이 아직 따뜻해!

파리스 백작의 하인과 순찰대 등장.

순찰대1 어디지? 안내해라.

줄리엣 무슨 소리지? 서둘러야겠어. 아, 단검이 있었구나! 이제는 내 몸이 네 칼집이다. 내 몸에서 편히 쉬고 나를 죽게 해 주렴.

(줄리엣이 로미오의 단검으로 자신을 찌르고 사망한다.)

하인 여기예요. 저기 횃불이 타는 곳요.

순찰대1 바닥에 피가 흥건하구나. 묘지 안을 뒤져라. 눈에 띄는 자가 있으면 당장 체포하도록.

(몇몇 순찰대 퇴장.)

끔찍한 광경이군! 백작이 죽어 있어. 줄리엣도 피를 흘린 채 죽어 있고. 아직 따뜻한 걸 보니 얼마 안 된 것 같군. 이틀 전에 죽어서 이곳에 안치되었는데. 가서 영주님께 알려라. 너는 캐퓰 렛 가문에 알리고 너는 가서 몬태규 가문을 깨워라. 남은 사람 들은 이곳을 순찰하라.

(몇몇 순찰대 퇴장.)

고인들이 어떻게 죽은 건지는 알겠지만 자세한 정황은 조사해 봐야 알겠군.

순찰대가 로미오의 하인 발타자르와 함께 등장.

순찰대2 로미오의 하인입니다. 묘지에서 찾았습니다.

순찰대1 영주님이 오실 때까지 붙잡아 둬.

다른 순찰대가 로렌스 신부와 함께 등장.

순찰대3 부들부들 떨면서 한숨을 쉬며 울고 있는 신부를 잡아 왔습니다. 곡괭이와 삽을 들고 묘지를 벗어나고 있더군요.

순찰대1 상당히 수상하군. 신부도 잡아 두게.

영주와 시종들 등장.

영주 대체 무슨 일이기에 꼭두새벽부터 사람을 깨운 것인가?

캐퓰렛과 캐퓰렛 부인 등장.

캐퓰렛 대체 무슨 일인데 이렇게 소란스럽소?

캐퓰렛 부인 거리에서 사람들이 '로미오'니 '줄리엣'이니 '파리스 백작'을 외치며 뛰어다니고 있습니다. 묘지 쪽으로 몰려오고 있어요.

영주 대체 무슨 일이기에 다들 울부짖는단 말인가?

순찰대1 영주님, 여기 파리스 백작이 죽어 있습니다. 로미오도 죽었고 줄리엣도 죽어 있는데, 줄리엣은 죽은 지 얼마 안 된 듯 몸이 아직 따뜻합니다.

영주 낱낱이 조사해서 이 끔찍한 죽음의 진상을 밝혀라.

순찰대1 여기 신부와 죽은 로미오의 하인이 있습니다. 이들은 무덤을 여는 데 필요한 연장을 갖고 있었습니다.

캐퓰렛 맙소사! 부인, 우리 딸이 피를 흘리고 있는 것 좀 봐요. 몬태규의 허리에 찬 칼집에 있어야 할 칼이 우리 딸의 가슴에 꽂혀 있구려.

캐풀렛 부인 이렇게 끔찍한 죽음을 눈앞에서 보다니 내가 늙긴
늙은 모양이야.

몬태규 등장.

영주 어서 오게, 몬태규. 이른 시각이라 미안하지만 자네 아들
이 저리 되었네.

몬태규 제 아내가 어젯밤에 죽었습니다. 아들이 추방당한 걸 슬
퍼하다가 숨이 멎었지요. 이 늙은이가 얼마나 더 큰 고통을 당해
야 하는 겁니까.

영주 직접 보게.

몬태규 (로미오의 시체를 본다.) 세상에, 이런 나쁜 놈! 제 부모
보다 먼저 무덤으로 가다니, 이런 불효가 어디 있단 말이냐!

영주 다들 분함은 잠시 접어 두게. 이게 어떻게 된 일인지 분명
하게 밝히는 게 우선이야. 사건의 진상을 규명한 다음에 슬퍼하
도록 하세. 내 슬픔도 자네들 못지않게 크다네. 다들 참아 주길
바라네. 용의자들을 앞으로 데리고 나와라.

로렌스 신부 제가 가장 유력한 용의자입니다. 이 끔찍한 죽음이
벌어졌을 때 그 자리에 있었기 때문이지요. 여기 서서 질문도 벌
도 모두 달게 받겠습니다. 이미 스스로를 자책하고 있습니다.

영주 아는 대로 다 말해 보시오.

로렌스 신부 짧게 말씀드리겠습니다. 자세하게 말할 기력이 남아

있지 않군요. 저기 죽어 있는 로미오는 줄리엣의 남편입니다. 저기 죽어 있는 줄리엣은 로미오의 아내고요. 제가 두 사람의 결혼식을 올려 줬지요. 둘이 비밀 결혼식을 올린 날은 티볼트가 죽은 날이었습니다. 그 일로 새신랑이 추방을 당했지요. 줄리엣은 죽은 티볼트가 아니라 추방당한 로미오 때문에 그토록 슬퍼했던 것입니다. 그런데 줄리엣의 아버님은 딸이 슬픔에서 빠져나오도록 파리스 백작과 결혼시키기로 했지요. 그래서 줄리엣이 저를 찾아와서 두 번 결혼하게 된 상황을 피할 방법을 알려 주지 않으면 스스로 목숨을 끊겠다고 했습니다. 그래서 제가 특별한 수면제를 주었고, 계획대로 죽은 것처럼 보이게 하는 데 성공했습니다. 한편 로미오에게는 약효가 떨어지는 오늘 밤에 묘지로 와서 줄리엣을 데려가라고 편지를 썼지요. 하지만 편지를 전달하기로 한 존 신부가 사정이 생겨서 어젯밤 제가 부탁한 편지를 도로 가지고 왔습니다. 그래서 저는 줄리엣이 깨어날 시간에 맞춰 그녀를 데리고 가기 위해 캐퓰렛 가족 묘지로 혼자 왔지요. 줄리엣을 제 방에 숨겨 두었다가 로미오에게 전갈을 보낼 생각이었어요. 그런데 줄리엣이 깨어나기 전, 이 묘지에 도착해 보니 로미오와 파리스 백작이 죽어 있었습니다. 깨어난 줄리엣에게 이건 다 하느님의 뜻이니 인내하라고 이르며 같이 가자고 간청했습니다. 그때 무슨 소리가 들려 겁이 난 저는 급하게 묘지를 빠져나왔고, 줄리엣은 절망에 빠져 저와 함께 가려고 하지 않았습니다. 아무래도 스스로 목숨을 끊은 듯하군요. 이게 제가 아는 전부입니다. 둘의 결혼에 대해서는 줄리엣의 유모도 알고 있습니다. 이 비극이 저의 잘못이라면 엄격한 법으로 저를 벌해 주십시오.

영주 신부님이 고결한 분이라는 사실은 모두가 알고 있습니다. 로미오의 하인은 어디 있느냐? 할 말이 있느냐?

발타자르 제가 도련님께 줄리엣 아가씨가 죽었다는 소식을 전했습니다. 소식을 듣자마자 도련님은 곧바로 만토바에서 여기까지 말을 타고 오셨습니다. 조금 전에는 주인 나리께 전해 달라고 편지도 주셨고요. 묘지로 들어가면서 안에서 뭘 하는지 엿보면 절 죽이겠다고 하셨습니다.

영주 편지를 이리 다오. 내가 봐야겠다. (편지를 받아 든다.) 순찰대를 불러온 백작의 하인은 어디 있느냐? 네 주인은 여기서 무엇을 하고 있었지?

하인 주인님은 아가씨의 무덤에 뿌려 드릴 꽃을 들고 오셨습니다. 저에게는 멀리 물러나 있으라고 하셔서 그렇게 했습니다. 그런데 횃불을 든 누군가가 와서 묘지를 열려고 하자, 주인님이 칼을 뽑으셨어요. 저는 곧바로 순찰대를 부르러 달려갔습니다.

영주 편지의 내용이 신부님의 증언과 일치한다. 두 사람이 어떻게 사랑에 빠졌는지부터 줄리엣이 죽었다는 소식을 들은 것까지 다 쓰여 있구나. 가난한 약방 영감에게 독약을 샀고, 그 독약을 이 묘지로 가져와 스스로 목숨을 끊어 줄리엣 옆에 누우려고 했다는 것도. 두 원수 가문, 캐풀렛과 몬태규는 어디 있는가?

그대들의 원한이 얼마나 큰 비극을 가져왔는지 보이는가? 결국 그대들의 기쁨인 자식들이 서로 사랑하다 허망하게 세상을 떠나 버렸지 않았는가? 나 역시 그대들의 싸움에 휘말려 소중한 피붙이를 둘이나 잃었다. 모두가 벌을 받았구나.

캐풀렛 몬태규 사돈, 악수합시다. 이것으로 우리 딸의 혼수를 대신하겠소. 이보다 좋은 게 없을 테니.

몬태규 사돈, 내가 더 좋은 것을 드리겠소. 순금으로 줄리엣의 동상을 세우겠소. 베로나가 존재하는 한, 언제까지나 진실하고 정숙한 줄리엣이 모두의 칭송을 받을 수 있도록 말이오.

캐풀렛 줄리엣 옆에 나도 순금으로 로미오의 동상을 세우겠소. 둘 다 우리의 해묵은 원한으로 희생되었으니.

영주 오늘 아침 애잔한 평화가 찾아왔구나. 태양도 슬퍼서 얼굴을 보이지 않는군. 자, 이제 돌아가 이 슬픈 이야기를 더 자세히 나눕시다. 용서받는 사람도 있을 것이고, 처벌받는 사람도 있을 것이오. 그러나 로미오와 줄리엣의 이야기보다 더 비극적인 이야기는 없을 것이오.

(모두 퇴장.)

작가 연보

1564년   잉글랜드 중부 스트랫퍼드어폰에이번에서, 아버지 존 셰익스피어
         와 어머니 메리 아든 사이에서 장남으로 태어나다. 4월 26일에 유
         아세례를 받다.
1582년   여덟 살 연상의 앤 하사웨이와 결혼하다.
1583년   맏딸 수자나를 보다.
1585년   쌍둥이 남매, 아들 햄닛과 딸 쥬디스를 보다.
1590년   3부작 〈헨리 6세〉를 집필하다.
1594년   궁내 대신 소속의 로드 챔벌린 극단의 주주가 되다. 시 〈비너스와
         아도니스〉와 〈루크리스의 능욕〉을 출판하다. 희극 〈사랑의 헛수
         고〉와 〈베로나의 두 신사〉를, 비극 〈로미오와 줄리엣〉을 집필하다.
1595년   〈리처드 2세〉, 〈한여름 밤의 꿈〉을 집필하다.
1596년   〈베니스의 상인〉, 〈존 왕〉을 집필하다.
1598년   〈헨리 5세〉, 희극 〈헛소동〉을 집필하다.
1599년   〈십이야〉, 〈줄리어스 시저〉를 집필하다.
1600년   〈햄릿〉, 〈윈저의 즐거운 아낙네〉를 집필하다.
1601년   아버지 존 셰익스피어가 사망하다.

1603년 〈햄릿〉의 첫 상연을 하다.

1605년 〈오셀로〉, 〈리어 왕〉, 〈맥베스〉를 집필하다.

1608년 어머니 메리 아든이 사망하다.

1610년 런던에서 고향 스트랫퍼드어폰에이번으로 돌아오다. 〈겨울 이야
　　　 기〉를 집필하다.

1611년 〈폭풍우〉를 집필하다.

1616년 4월 23일, 스트랫퍼드어폰에이번에서 생을 마감하다.

로미오와 줄리엣

초판 1쇄 인쇄 2024년 11월 18일
초판 1쇄 발행 2024년 11월 25일

지은이 윌리엄 셰익스피어
옮긴이 정지현
펴낸이 이효원
편집인 노현주
마케팅 추미경
디자인 이용석(표지), 이수정(본문)
펴낸곳 올리버
출판등록 제395-2022-000125호
주소 경기도 고양시 덕양구 삼송로 222, 101동 305호(삼송동, 현대혜리엇)
전화 070-8279-7311   **팩스** 02-6008-0834
전자우편 tcbook@naver.com

ISBN 979-11-94381-08-2 03840

이 책은 저작권법에 따라 보호받는 저작물이므로 무단전재와 무단 복제를 금지하며,
이 책의 전부 또는 일부를 이용하려면 반드시 도서출판 올리버의 동의를 받아야 합니다.

* 값은 뒤표지에 있습니다.
* 잘못된 책은 구입하신 서점에서 바꾸어 드립니다.

* 도서출판 올리버는 탐나는책의 교양서 브랜드입니다.

올리버 세계교양전집 목록